国盗り合戦〈二〉

稲葉　稔

集英社文庫

目次

国盗り合戦　〈二〉

第一章　凶　報

一

十六人の仲間を連れた駒岳《こまだけ》の助五郎《すけごろう》は、国境になる黒谷峠《くろたに》へ来たところで、一行の足を止めた。

峠を下りれば椿山藩《つばきやま》領であり、これから襲撃をする平湯庄《ひらゆしょう》がある。しかし、そこには約三十人の警固をしている者がいるとわかっている。いずれも椿山藩本郷《ほんごう》家の家来だ。大方足軽だとは思うが、ここは用心であった。

助五郎は闇に包まれている平湯庄を眺めた。距離にすれば約一里半（約六キロメートル）はあるので、村の様子がどうなっているか定かではない。それでも小さな明かりが見える。おそらく駐屯している警固の一隊の焚《た》いている篝火《かがりび》であろう。

空には薄い雲の向こうにぼやけている月が浮かび、散らばっている星たちが潤んで見える。

「よし、行こう。もっと近づいてから様子を見よう」

助五郎は背後を振り返り、顎をしゃくった。そのままゆっくり馬を進める。馬に乗っているのは助五郎と五人の手下だけで、他の者は徒歩《かち》である。

手綱を絞りながら馬を進める助五郎の脳裏に、奥平《おくだいら》藩の当主宇佐美左近将監安綱《うさみさこんしょうげんやすつな》の顔が浮かぶ。目鼻立ちの整った涼しい理知的な顔だ。

助五郎はその安綱から約束を取り付けている。

――はたらき次第で召し抱える。

助五郎は郷士《ごうし》でもなければ百姓でもない。生まれたときから山で暮らして育った。貧しいながらも自由奔放な生き方をしてきた。されど、満足できる暮らしではなかった。山菜を採り、鳥や獣を狩るという、自給自足の生活であった。

炭焼きと薬、寄木《よせぎ》細工、獣の皮で作った衣服などが主な収入源だ。薬は野草を使った煎じ薬もあるが、熊の胆《い》が高値で取引できた。だからといって人並みの暮らしをしているわけではない。

山を下りて町へ行き商売をしても、蔑まれていることが肌で感じられた。誰もが胡散《うさん》臭い眼差《まなざ》しを送ってき、粗雑な扱いをした。それに耐えなければならないことが、助五郎は気に食わなかった。

助五郎には武士の血が流れている。父親は、足軽ではあったが、織田信長《おだのぶなが》に仕えていた戦国武士だった。

それ故に野望があった。いずれはおれも日の目を見たい。立派な家中に仕えて出世したいという夢を、幼き頃より抱きつづけていた。

その夢がいま叶《かな》いそうになっている。それが奥平藩宇佐美家に仕えることだ。宇佐美安綱は幕府要職に就くことのできる譜代大名である。

峠の坂道を下りきったところで助五郎は馬を止めた。もう目の前に平湯庄があった。これまで三度夜襲をかけた村が、夜の闇に沈み込んでいる。

（あそこか……）

村の一画に篝火が見えた。動く人の影もある。

助五郎は野禽《やきん》のように目を光らせ、仲間を振り返った。

「まず襲うのは、この村を警固している椿山藩の家来どもだ。ひとり残らず血祭りにあげる」

助五郎に一同はうなずいた。

「村をまわっているやつがいるかもしれねえが、提灯《ちょうちん》を持っているだろうからおれたちのほうが早く気づく。ぬかるんじゃねえぞ」

「皆殺しにするというが、やつらに恨みはねえんだがな……」

声を漏らしたのは六蔵《ろくぞう》という男だった。

「てめえ、ここに来て弱気になったか。端《はな》っからそういうことだったじゃねえか。おれたちのはたらきで、宇佐美家が救われるんだ。そのための仕事だ」

「見返りはあるんだろうな」

「むろん、あるからやるんだ。ただで手を汚す馬鹿はいねえ。そうだろ」

六蔵は曖昧にうなずいた。納得したのかしていないのかわからないので、助五郎は言葉を足した。

「裏切ったら、おれが相手だ」

強くにらむと、

「誰も裏切るとは言ってねえだろう」

六蔵はむくれ顔をした。

「なら、黙ってついてこい」

助五郎はそう言って、後続の仲間に顎をしゃくった。

彼らは暗い闇に溶け込んでいた。誰もが獣の皮で作った羽織に野袴《のばかま》、手甲脚絆《てっこうきゃはん》をつけ、大刀を落とし差しにしているが、弓を背負っている者も長槍《ながやり》を持っている者もいた。

彼らは静かに野路《のじ》を進んだ。蛇が獲物に近づくような慎重さであった。助五郎がめざすのは篝火の焚かれている場所である。椿山藩警固隊の屯所だった。

「ここから先は歩きだ」

助五郎はひらりと馬から下りた。後続の五頭の馬に乗っていた者たちも下りて、近くにある杉の木に繋《つな》いだ。

屯所まで三、四町（約三三〇～四四〇メートル）の距離だった。篝火のそばには四つの人影があるだけだった。屯所は百姓家で、篝火はその家の庭で焚かれていた。

「みんな散るんだ。あの家を取り囲んで控えておけ。おれが合図の口笛を吹いたら、一斉に襲う。おそらくあの家に他のやつらが休んでいるか寝ているはずだ。ぬかるな」

みんなは互いの顔を見て、示し合わせたように村道から外れ畑のなかに入った。稲刈りの終わった畑には、いまだ稲架掛《はさが》けがあった。稲束はもうなかった。

屯所に近づくと、篝火の明かりに照らされた侍の顔が見えるようになった。

数は四人だけだ。立っている者もいるが、座っている者もいた。周囲に警戒の目を配っている様子ではない。

燃えている松の爆《は》ぜる音が聞こえ、風が吹きわたり、百姓家の背後にある竹林を揺らした。近くの山で何度か梟《ふくろう》が鳴いた。

地を這《は》うようにして屯所の庭に近づいた助五郎は、ゆっくり腰の刀を抜き、野禽の目になって庭にいる男たちを見た。

(さっさと片づける)

心中でつぶやくと、右手の親指と人差し指を合わせて口に運んだ。

ピーッ。

助五郎は指笛を夜空にひびかせると同時に立ちあがり、篝火のそばにいる男たち目がけて駆けた。

二

「あー、あぁー……」

うめきを漏らすと同時に、両の足を突っ張りぐったりとなったのは、おたけだっ

た。枕許《まくらもと》の行灯《あんどん》がその顔を染めている。満ち足りたという笑みを口の端に浮かべ、

「殿様……」

と、小さく囁《ささや》き、本郷隼人正宗政《はやとのかみむねまさ》のぶ厚い胸に頬をつけた。

宗政はおたけの背中をやさしくさすり、薄目を開けて天井を見た。

満足である。いまはおたけなしでは夜を過ごせなくなっている。二人は素っ裸のまま互いの足を絡ませていた。

「そなたは愛《う》いおなごだのう」

「はい。殿様……」

おたけは嬉《うれ》しそうに笑んで、宗政の胸毛をいじった。城下で見初めて側女《そばめ》に取立てて以来、夜の伽《とぎ》はおたけが務めていた。側女は他に二人いる。亀《かめ》と才《さい》。亀は三十の大年増で、才も二十八歳になっていた。その二人に、宗政は飽きていた。

おたけは豊満な体をしており、両の乳などは宗政の両手に余るほど大きい。尻にも太股《ふともも》にもたっぷり肉がついている。言うなればデブである。

がしかし、宗政の好みだった。お多福顔なので決して器量よしではないが、歳《とし》は十八と若い。肌は透けるように白くもちもちしている。

ゴーンと寺の鐘が聞こえてきた。捨て鐘につづいて新たな鐘音。

宗政は半眼で天井を見ながら、もう四つ（午後十時頃）であるかと気づいた。

夜具に横になりおたけと睦《むつ》みはじめたのは、五つ（午後八時）頃だったので、たっぷり一刻《とき》（約二時間）は楽しんだことになる。

「あれは満徳院《まんとくいん》の鐘だ。わが本郷家の菩提寺《ぼだいじ》だ」

宗政はつぶやいたが、おたけは反応しなかった。心地よい疲れが体を満たしているらしく、宗政の胸に頬をつけたままますやすやと寝息を立てている。

「なんだ。眠ったか……」

宗政が独りごちたとき、時を知らせる鐘の音が聞こえなくなった。

「寺の坊主も律儀なものだ。そうだな。たまには墓参りも悪くない。明日にでも行ってみるか」

宗政は眠っているおたけのうなじのあたりを撫《な》でながら、また独りごちた。

目が覚めたとき、隣におたけはいなかった。鳥の声が表から聞こえてき、雨戸の隙間から一条の朝の光が障子にあたっていた。

「お目覚めでございましょうか？」

宗政が半身を起こすと、気配に気づいたらしい小姓の声が廊下から聞こえてきた。

「右近《うこん》か。早いのう」

言葉を返し、枕許に畳んであった長襦袢《ながじゆばん》を羽織った。

「よくお休みになったご様子。もう、五つ（午前八時頃）近くになります」

「おお、もうさようような時刻であるか。これは寝坊をしたようだ。右近、入れ」

宗政が命じると、十七歳の小姓田中《たなか》右近がそっと襖《ふすま》を開け、膝行《しっこう》してきた。

「腹が減っておる」

「支度は調っています」

「顔を洗ったらすぐに飯だ。手伝ってくれ」

宗政が夜具の上に立ちあがると、右近がまめまめしく動き、小袖を着せ帯を締めてくれる。羽織はいらぬと言うと、右近はそのまま寝室の隅に下がって控えた。

「髭《ひげ》もあたらなければならぬし、髪も結わなければならぬが、面倒じゃのお」

宗政はぶつぶつ言いながら手水場《ちようずば》に向かう。庭に面した廊下をのっしのっしと歩くその姿は、魁偉《かいい》である。宗政は六尺（約一八〇センチメートル）はあろうかという偉丈夫で、目も鼻も大きければ口も大きい無骨な顔をしている。

体同様に度量も大きいと言えば聞こえはよいが、じつのところ面倒くさがり屋なのだ。大雑把で小さなことに拘《こだわ》らないのも、面倒くさがりのなせる業であった。

洗面を終え、朝餉《あさげ》の膳を調えてある座敷に入ると、側女の亀と才とが控えていた。

一応挨拶はするが、恨めしげな顔を向けてくる。

「うむ。今日もよい天気で何よりだ」

「ご機嫌よろしゅうございますね」

亀が言葉を返してきた。刺《とげ》がある。

「よく眠ったからのお」

「よほどお疲れになられたのでございましょう。お寝坊されるとは……」

才であった。やはり刺がある。

だが、宗政は取り合わない。さらりとかわし、箸を取る。素っ気ない朝飯である。

膳部にのっているのは、冷えた味噌汁《みそしる》に冷えた飯、そして香の物に目刺し。目刺しも冷めている。毒味をして供されるからだ。

「味気ないのう……」

宗政は文句を言いつつ箸を動かす。

「毒味は無用だと思うのだがな、どうしてもやれやれとうるさいからしかたないか……それにしても、やはり味気ないのう。焼きたての鰺《あじ》を食いたいものだ。さすれば味気ないとはこぼさぬのだが」

宗政は自分で言っておきながら、ふふふと笑った。

「洒落《しやれ》でございまするか」

いつの間にやら廊下の入側《いりがわ》にあらわれた若家老の田中孫蔵《まごぞう》だった。

「なんだ孫《まご》、早いではないか」

「殿が遅いのでございます」

「さようか。たまには寝坊もする」

「殿様は夜のお勤めが忙しいからですの」

嫌みを言って、袖で口を押さえ、冷やかすような笑いを漏らすのは亀だった。才と顔を見合わせてうなずき合う。

（まったくこの側女らは……。たまには相手をしてやるか。それも二人同時に）

宗政は内心でつぶやいたあとで、「おっ！」と目をみはった。それはよい考えかもしれぬと思ったのだ。

「いかがされました？」

孫蔵が半身を乗り出して顔を向けてくる。ふくよかなまるい顔にある怜悧《れいり》な目は、真剣そのものだ。

「なんでもない。それで、こんな早くに何用だ。用があったからまいったのであろう」

「いかにも」

「だったら遠慮せず申せ」

「城下の普請のことで相談があります」

（なんだ面倒なことを朝から……）

と、宗政は飯を頬張りながら思う。

「その件なら飯を食ってからにいたす」

三

朝食後、宗政は本丸御殿奥書院で田中孫蔵と向かい合った。

「内密な話であるか……」

宗政が問えば、

「いささか」

と、孫蔵が答える。ならば人払いだと、廊下に控える小姓頭《こしょうがしら》の鈴木《すずき》春之丞《はるのじょう》と小姓の右近を下がらせた。

「で、何であるか？」

「城下の道普請と橋普請でございまする。まずはこの二つを片づけたく、昨日、ご家老らと話し合いました」

「それで……」

「殿は橋の付け替えについて、石橋にしたらいかがだとおっしゃいましたね」

「うむ」

「それには金がかかります。多聞《たもん》殿は従前どおり木橋でよいのではないかとおっしゃいます。石橋にするには、使う石選びからはじめなければならず、また腕利きの石工に任せなければならぬとおっしゃいますが、肝心の石工が当藩には見あたりませぬ」

孫蔵が多聞と言うのは、城代を兼ねている国家老の鈴木多聞のことだった。何かと口うるさいが、家老歴の長い有能な男だった。

「石工は幾人もいるであろう」

「いるにはいますが、みな墓石作りがもっぱらで、橋など造ったことはありませせん」

「やらせたらできるのではないか……」

「いやいや、そう容易《たやす》いものではありませぬ。やはり、石橋を造ったことのある石工でなければなりません。簞笥《たんす》職人に家を建てろと言っても、無理な話でございましょう。それと同じでございまする」

「なるほどな」

宗政は鼻くそをほじる。

「でありますから、石橋のことは考え直すということでいかがでございましょう」

「多聞がさように言うなら、まあしかたあるまい」

宗政は障子を開けて庭を眺めた。銀杏《いちょう》が黄色く色づき、楓《かえで》が赤くなっていた。二の丸にある欅《けやき》も色づいている。紅葉がはじまっているのだ。

そんな景色を眺めているうちに、孫蔵は道普請について家老連と評議したことをしゃべっていた。

その話を聞き流していた宗政は、

「のう、孫蔵」

と、庭に向けていた視線を孫蔵に戻した。

「なんでございましょう」

「以前より疑問に思っていたのだ。当家は椿山藩と言うが、なぜ椿が少ない？」

「は……？」

孫蔵は口をあんぐり開け、あきれ顔をした。それから忙しくまわりに視線を配り、近くに誰もいないことをたしかめたあとで、

「辰《たつ》、おれの話を聞いているのか？」

と、目を厳しくした。

孫蔵と宗政は同年で、幼なじみだった。子供の頃は喧嘩《けんか》をしたり、野山を駆けまわったりと、散々腕白をやってきた。地位は違うが、二人きりになると、孫蔵は「辰」あるいは「辰之助《たつのすけ》」と通称で呼び捨てる。

「ちゃんと聞いておる。道普請をいつからはじめるかということであろう」

「ならいつからやる？」

「そう尖《とが》った顔をするでない。折角の男前が台なしではないか」

宗政はにっかり笑って、孫蔵の頰を軽くつねった。

「おひゃらかすでない。真面目《まじめ》な話をしておるのだ」

「おぬしもすっかり家老の顔つきになったな。ま、よいことだわい。道普請をいつからはじめるかと言うが、考えている暇はない。明日からでもはじめればよい。いずれやらなければならぬことだ。日延べの必要はないであろう」

「ほう」

孫蔵は口をすぼめて感心顔をする。

「さすが、一国一城の主《あるじ》らしいことを言うようになった。ならば、他の家老らにさように伝えることにいたす」

「うむ。それで椿のことだが、おぬしは知っておるか？」

問われた孫蔵は視線を泳がせてから、

「昔、この城の建った地に椿がたくさん生えていたとかいなかったとか、さようなことを耳にしたことがある」

「ふうん、そういうことであったか」

宗政が半分納得顔をしたとき、廊下に慌ただしい足音がして、すぐに田中三右衛《みつえ》門《もん》があらわれた。郡《こおり》奉行である。神経質で細い狐顔《きつねがお》に汗を浮かべ、細い両の肩を上下に動かしていた。

「と、殿、た、大変なことが出来《しゅったい》いたしました」

「なんだ。慌てずに申せ」

「平湯庄がまたもや襲われたのでございます」

「なんだと」

「襲われたのは昨夜のことで、平湯庄の警固にあたっていた足軽二十数人が殺されました」

「なにッ」

宗政は太い眉を吊《つ》りあげ、目をみはった。

「襲った者は？」

「はい。先ほど平湯庄の警固にあたっていた者が命からがらやってまいりまして、話を聞いたばかりでございますが、襲ったのは山賊だったようです。その山賊は八《はち》幡《まん》街道を西へ向かったと言います。以前、あらわれた賊と同じだと思いまする」

「西と言えば、奥平藩の領内へ逃げたということであるか」

「いかにもさようなことかと思いまする」

「相手の人数は？　賊の正体は？　生き残った警固の者たちはなにをしておるのだ？」

宗政は矢継ぎ早に問うた。

「賊の正体も人数も、いまのところわかっておりませぬ。生き残った警固の者は四、五人ではないかと思われます」

「由々しきこと！」

憤った声をあげたのは孫蔵だった。

その声に呼応したように、宗政はすっくと立ちあがると、

「知らせに来た者はどこだ？　わしがじかに話を聞く」

と、両の拳をにぎり締めた。

「御殿玄関に待たせております」

「次之間《つぎのま》にあげるのだ」

宗政は言うなり奥書院から出た。

四

平湯庄から夜通し馬を駆ってきたのは、平湯庄の警固にあたっていた鈴木斎吉《さいきち》という徒侍《かちざむらい》だった。息も絶え絶えに宗政に報告した。

「それがしは寝込みを襲われ、あまりにも突然のことに何がなにやらわからず、枕許の刀をつかみましたが、賊はすぐ間近にいて寝ていた者につぎつぎと襲いかかっていました。立ち向かわなければならぬのは承知ですが、家のなかはほとんど闇で、誰が誰なのかがわかりませぬ。いえ、そのときはなにが起きているのか、はっきり

わからなかったのでございます。申しわけございませぬ。み、水を所望できませぬか……」

斎吉は生つばを呑《の》み込んで平伏して懇願する。

「誰か水を……」

宗政が誰にともなく言うと、廊下に控えていた小姓の右近が立ちあがった。

玄関そばにある次之間には、斎吉から話を聞く宗政の他に、郡奉行の田中三右衛門、孫蔵、目付頭の小林半蔵《こばやしはんぞう》だけだったが、急報を聞きつけた馬廻《うままわ》り組組頭の鈴木半太夫《はんだゆう》と家老の佐々木一学《ささきいちがく》が姿をあらわした。

「斎吉、落ち着いて話せ」

小姓の右近が運んできた水を斎吉が飲みほすと、三右衛門が窘《たしな》めて話の先をうながした。宗政は口を挟まず、目を光らせて耳を傾けていた。

「はい。それで、それがしは難を逃れるために賊が破った雨戸から表に逃げました。表では賊と戦っている者がいましたが、すでに斬り殺されたり、槍で刺し殺されている死体が転がっていました。それがしは追い詰められている者の助太刀《すけだち》をしようと、立ちあがりましたが、そのとき後ろから斬り込んでくる賊がいました。不意をつかれましたが、幸いにかわすことができ、一撃を見舞ってやりました。賊を斬ることはできませんでしたが、その賊に他の仲間が斬りかかったので、それがしはこの騒ぎを知らせるべきだと思い、村横目《むらよこめ》の詰所に駆け、そこで佐藤九兵衛《さとうくへえ》殿に知らせました。九兵衛殿は休んでおいででしたが、それがしの話を聞くなり、屯所に戻ったのですが……もうそのときは……」

斎吉は悔しそうに口を引き結んで、両目に涙を溢《あふ》れさせた。

「そのときはなんじゃ？　有《あ》り体《てい》に仔細《しさい》を話せ」

それまで黙っていた宗政が問うた。憤怒《ふんぬ》の形相だった。

「はい。庭には死体が転がり、家のなかも死体だらけでございました。生きている者もいましたが、誰もが傷を負ってうめいておりました。あそこには二十五人のお徒がいましたが、そのほとんどが……」

斎吉はくっと、肩をふるわせ嗚咽《おえつ》した。

「おぬしは賊の顔を見たか？」

「いいえ、見てはおりませぬ。ただ、篝火の明かりを受けた賊の姿を見ております。奇異な身なりでした。誰もが獣の皮で作ったような、袖なしの羽織をつけておりました」

「顔は……？」

「よくは見ておりませぬ」

斎吉は申しわけなさそうにうなだれる。

「すると、幾人が殺されたか、たしかなことはわからぬということであるか？」

小林半蔵が四角い顔を斎吉に向けた。

「それがしは九兵衛殿に、このことをすぐ城に知らせに行けと言われまして、急ぎ馬に乗ってまいりましたので……」

「斬られて死んだ賊もいるのではないか？」

「そのことも、それがしにはわかりませぬが、何人かいるものと思いまする」

「斎吉、おぬしは襲ったのは賊だと言うが、それは何故《なにゆえ》のことだ？」

佐々木一学だった。

「袖なしの羽織もそうですが、髷《まげ》を結ってはおりませんでした。総髪あるいはいがぐり頭でございました」

「であれば、他家の家来とは考えにくい」

一学はそう言って色白の細面《ほそおもて》を宗政に向けた。宗政はうなずいた。他藩の家来だったら大きな問題になる。しかし、主君を持たぬ単なる賊であれば、対策の余地がある。

一学がそのことを真っ先に考えたのを、宗政は理解した。

「何はともあれ、直ちに平湯庄に向かい、詳しい詮議をするのが肝要ではございませぬか」

小林半蔵だった。目付頭らしいことを言う。

「申すまでもないこと。半蔵、それから三右衛門、おぬしらに調べをまかせる。詳しいことがわかり次第、わしに知らせてくれ」

宗政はそう下知《げち》したあとで、知らせに来た斎吉を眺めた。

「おぬし、夜通し駆けてきたのだな」

「はい」

城下から平湯庄まで十五里（約五九キロメートル）はある。急ぎの歩き旅でもたっぷり二日はかかる。馬を走らせたとしても、一日はかかる距離だ。斎吉はそれをひと晩でやってきたのだった。

「馬はいかがした？」

「城下に辿《たど》り着いたときに倒れて死にました」

さもありなんと、宗政はむなしそうに首を振ると、目を厳しくして半蔵と三右衛門に顔を向けた。

「なにをしておる。平湯庄へ行くのだ」

目付頭の小林半蔵と郡奉行の田中三右衛門は、はじかれたように立ちあがると、そのまま座敷を出て行った。それを見送った宗政はぽつりとつぶやいた。

「わしも行こうか……」

そのつぶやきを聞いた孫蔵が、さっと顔を振り向けてきた。

「それはなりませぬ」

「なぜじゃ？」

「殿は椿山藩の当主ですぞ。そこのところをお考えくださりませ」

孫蔵に厳しく言われると、宗政は言葉を返せない。

「さようなものか……」

「いかにも」

「ならばおぬしが行ってきてくれ」

「え、拙者が……」

「そうだ」

五

宗政に命じられた孫蔵は、小林半蔵と田中三右衛門のあとを追って、平湯庄に向かった。いざという場合に備え、徒組三十人、槍持十人、鉄砲組十人、弓組五人を従えていた。他に箱持ちや馬の口取りなどがついているので、総勢百人ほどになった。

平湯庄は同じ領内ではあるが、遠隔地であるから途中で一泊しなければならない。

城下を離れると、あたりは百姓地になる。稲刈りの終わった田は閑散としており、野路の途中には、赤い葉と熟柿《じゅくし》をつけた木や、紅葉の時季を終えようとしている欅や銀杏が見られた。空は澄みわたり青々としている。

のどかな景色のなかを物々しい百人の兵が進む。

「賊は何故、平湯庄に出没するのや？」

孫蔵の横に馬を寄せてきた三右衛門がぼやくように言った。孫蔵は馬に揺られながら三右衛門を見る。物事によく気づき、ときに細かいことを気に病む男だった。

痩身で、いかにも神経質な狐顔をしている。

「わからぬ。なんの狙いがあるのか……」

「賊が人の命を奪うのは、米や金目のものを強奪するためだけではないような気がする。現に此度《こたび》は、村見廻りのために警固に就いていた足軽を襲っただけで去っている」

孫蔵は三右衛門を見て問うた。

「金目のものは盗んでおらぬのか？」

「知らせにまいった田中斎吉はさようなことを申しておった。もっともそんな気がすると言っただけではあるが……」

孫蔵は遠くに視線を投げた。たしかに三右衛門が言うように、賊の真の狙いがわからない。殺された者たちへの無念はあるが、これ以上被害を出さないようにしなければならぬし、賊を捜し出して厳しい罰を与える必要がある。

（いったいどういうことなのだ）

孫蔵は心中でうめく。

一行はその日の夕暮れに糸石《いといし》村の百姓家に一泊し、翌朝早く出立して、平湯庄の入口にあたる馬追坂《うまおいざか》を上った。この坂は急峻《きゅうしゅん》で曲がりくねっている。俗に〝どっこい坂〟と呼ばれていた。

平湯庄には四つの村がある。八幡街道の南にある中小路《なかしようじ》村、街道の北側にある下郷《しもごう》村、山崎《やまさき》村、岩下《いわした》村である。西には小高い観音山《かんのんやま》があり、その山麓は段丘状の田畑で、四つの村はおおむね平坦地《へいたんち》になっていた。

「まさか、また昨夜も襲われたということはなかろうな……」

どっこい坂を上りながら目付頭の小林半蔵が不吉なことを口にした。

「さようなことはあってはならぬ」

孫蔵は表情を引き締めて応じ、

「半蔵殿、しっかり調べをしなければならぬ」

と、言葉を足した。

「わかっておりまする。賊の尻尾《しつぽ》を捕まえて、必ず引きずり出す所存です」

謹厳実直な目付頭小林半蔵は、四角い顔のなかにある目を光らせた。

一行は坂を上り切ると、そのまま村横目の詰所がある下郷村に向かった。見廻りの徒組が屯所にしていた百姓家はその近くである。

下郷村に入ってすぐ、難を逃れて生き残っていた徒侍のひとりが駆けてきた。それにつづいて村横目の佐藤九兵衛がやってきて、郡奉行の三右衛門に気づいて跪《ひざまず》いた。

「お待ちしておりました。村がまたもや襲われました」

九兵衛は顎のしゃくれた瓢箪《ひょうたん》顔をゆがめて三右衛門を見た。

「知らせは受けておる。若家老の田中孫蔵殿もおいでになった」

九兵衛は三右衛門から孫蔵に顔を向けた。

「これはご苦労様でございます。ご家老、それにしてもひどい賊でございまする。人にあらざる蛮行です」

「何人殺された？」

孫蔵は馬上から九兵衛を見下ろしながら静かに聞いた。

「徒組の者二十二人でございます」

「二十二人……」

被害者の数は先に聞いていたが、やはり現地にいる者からじかに報告を受けると衝撃が大きかった。

「して、何人の賊を討ち取った？」

「二人です」

報告をする九兵衛は悔しそうに唇をふるわせた。

「死体を見よう」

孫蔵は馬を下りて、被害を受けた百姓家に足を向けた。三右衛門も目付頭の半蔵も馬を下りてついてくる。

見廻りの者たちの屯所になっていた百姓家は、さんざんだった。雨戸は打ち壊されたままで、戸口の戸も倒れていた。家のなかは血に染まった障子や襖が倒れ、畳にも床にもまだ血糊《ちのり》が残っていた。

死体は庭に置かれ、菰《こも》をかけてあった。全部で二十二体だが、庭の隅には何も掛けられていない二つの死体があった。

「これが賊か……」

孫蔵はその死体を眺めた。まだ若い男だった。おそらく十七、八であろうか。獣の皮で作られた半羽織、継《つ》ぎ接《は》ぎだらけの木綿の小袖、手甲脚絆はしているが、それも粗末なものだった。髷は結っておらず、総髪を束ねているだけだ。

大名家の家臣には見えず、かといって浪人の風体でもない。

「こやつらの身許は……」

「わかりませぬ」

そばについている村横目の九兵衛が答える。

「賊は物盗《ものと》りだったのだろうか？」

「いいえ、此度は物は盗られておりませぬ」

孫蔵はうーんとうなって、一度空をあおぎ見た。

「賊は見廻りの者たちを襲い、そして立ち去った。なんのために斯様《かよう》なことを……」

九兵衛はわからないと無念そうに首を振る。

「して、賊はどこへ去った？」

「八幡街道へ向かい、そして西のほうへ去っています」

「西……」

孫蔵は西方に目を向ける。街道を西に行けば、奥平藩である。

すると、賊は奥平藩宇佐美家の領内から来たことになる。他藩に逃げていれば、捕縛するには手順を踏まなければならない。

「ご家老、死体を片づけなければなりませぬ」

殺戮《さつりく》の場となった家の周辺をあらためてきた小林半蔵が言った。

「うむ」

六

奥平城本丸御殿奥の茶室で、宇佐美左近将監安綱は、茶坊主の点《た》てた茶を喫したところだった。懐紙で指先を拭いた安綱は、もう一度茶碗《ちゃわん》を手に取って鑑賞した。

「先日は美濃《みの》の天目《てんもく》であったが、これは地味でありながら趣のある器であるな」

安綱は静かな眼差しをお坊に向けた。

「千利休《せんのりきゅう》殿が好まれた黒楽《くろらく》茶碗を真似《まね》て作られた一碗でございます」

「産は？」

「やはり清水《きよみず》でございます」

「なるほど……」

安綱はもう一度茶碗を鑑賞した。静謐《せいひつ》な茶室は物音ひとつしない。表の庭から聞こえてくる目白《めじろ》のさえずりが聞こえるぐらいだ。

「つぎはまた他の茶器でいただきたいものだ」

「殿が気に召されるような器を探しておきましょう」

「楽しみにしている」

安綱が応じたとき、廊下から小姓の声がかかった。

「殿、お邪魔してよろしいでしょうか？」

「なんだ？」

「米原銑十郎《よねはらせんじゆうろう》様が帰られました」

安綱はきらっと目を光らせた。

「どこで待っておる？」

「玄関そばの次之間にてお待ちです」

安綱は短く考えてから、

「桐《きり》之間にて待つ」

と、応じて茶坊主に礼を言って茶室を出た。

安綱は広縁に面した廊下を歩きながら、平湯庄がどういう仕儀になったかをいまから聞くのが楽しみになった。

米原銑十郎は馬廻り衆の一人で、安綱の命を受け、駒岳の助五郎たちを監視し、また安綱の内密な下知を助五郎たちに伝える使者であった。

銑十郎は剣の腕がたしかで物堅く、安綱の信を得ていた。

桐之間は本丸御殿のほぼなかほどにある広間だった。細身で長身の安綱は上座に腰をおろすと、目鼻立ちの整った涼しい顔を、開け放されている縁側に向けた。

待つほどもなく銑十郎が座敷口にあらわれ、平伏した。

「ただいま立神《たてがみ》の里《さと》より戻りました」

立神の里というのは、駒岳の助五郎らが暮らしている篠岳《しのだけ》山中の集落だった。

「これへ」

安綱が自分のそばを扇子で示すと、銑十郎が膝行してきた。

「首尾よくいったのであろうな」

「助五郎らは平湯庄の警固にあたっていた足軽二十数名を始末しております。計策どおりに事を運んだようにござりまする」

安綱は浅黒い面長《おもなが》の銑十郎を眺めた。黙したまま短い間を置くと、銑十郎はそれが気になったらしく、細い吊り目を訝《いぶか》しそうに見開いた。

「平湯庄の警固にあたっていた者の数は？」

「三十人ほどだったようです」

「すると十人ほどを討ち漏らしたというわけか……」

安綱は脇息《きょうそく》の端を指先で短くたたいた。

「返り討ちにあった者はいないのだな」

「いえ、二人の若者が斬られたそうでございます」

「なに……」

安綱はくわっとみはった目を厳しくした。

「斬られたと言うが、まさか生け捕りにされたのではあるまいな」

もしそうであれば由々しきことだ。斬られたのはたった二人だけだが、生きていれば拷問をかけられ襲撃の意図を白状させられるかもしれない。もし、そんなことになれば、おのれの身は安泰ではない。

「おそらく生きてはいない、殺されたと助五郎は申しました」

「たしかであろうな」

安綱は息を止めて、銑十郎を凝視する。

「たしかなはずでございます」

いまはその言葉を信じるしかない。もし、助五郎らを動かしているのが宇佐美家だと知られたら、おのれの出世どころか改易も免れないだろう。しかし、助五郎はしくじってはいないはずだ。

あの山賊は自分の掌《てのひら》にある。裏切ったりしくじったりすれば、助五郎の望みは絶たれるばかりではなく、命を失うことを知っている。

飴《あめ》と笞《むち》。安綱は銑十郎を介して、召し抱える約束と同時に、裏切りは決して許さないという脅しをかけている。
「助五郎はつぎなる殿のお指図を待っていますが、取り立ててもらう時日《じじつ》を教えて
もらいたいとも言っております。それがしは、それは殿がお決めになることだ。さ
れども、向後《こうご》のはたらき次第で、そう先のことではないと言葉を濁しております」
「それでよかろう」
「して、これからいかがされます？」
「しばらく様子見だ。椿山藩が騒いでいるのは、火を見るより明らか。いずれ、予
のもとになんらかの知らせがあるであろう。いまはそれを待つ」
「はは。では、それがしはこれにて……」
銑十郎はそのまま座敷を出て行った。
ひとりになった安綱は虚空に目を据えて、椿山藩がどう動くかを推量しながら、
藩主の本郷宗政の間抜け面を脳裏に浮かべた。
「あのたわけ大名、どう動いてくるか……」
思わず独り言をつぶやいた安綱は、口の端に小さな笑みを浮かべた。

七

孫蔵は平湯庄から城に戻ると、すぐに宗政に会った。

「二十二人も……」

宗政はぼんやりしていた顔を厳しくした。普段はのほほんと締まりのない顔をしていることが多いが、こういったときは無骨な顔が頼もしい大将のようになる。

「丁重に葬り、身内に弔意を表してきました」

「うむ。それにつけても、ひどいことをするやつがいるものだ。賊と言うが、その正体はわからぬのだな」

「いまは……」

孫蔵は犠牲になった家来の死を悼む顔をしている宗政を短く眺め、それから忙しくまわりを見た。そこは、本丸御殿奥の書院だった。小姓もそばにはいない。

孫蔵は宗政に近づいて、声を低めて口を開いた。

「辰之助、おれは奥平藩宇佐美家の仕業ではないかと思うのだ」

と、宗政の通称を使って言った。

「宇佐美家の……」

　宗政は太い眉を動かした。

「平湯庄を襲った賊は八幡街道の西へ逃げている。この前平湯庄を襲った賊も同じ方向に逃げた。やつらは黒谷峠のほうからやってきて、黒谷峠のほうへ逃げたのだ。此度の賊もその前の賊も同じほうへ去っている。つまり同じ賊の仕業」

「うむ」

　宗政は普段は眠そうな目をぎらりと光らせる。

「さらに、此度は女を手込めにすることも盗みもしておらぬ。平湯庄の警固をしていた足軽を狙って蹴散らした。賊の狙いはなにか。何故、賊はさようなことをするのか、よくよく考えたのだ」

「それで……」

「平湯庄は豊かな土地になった。米も麦も桑も芋もよく育つ。椿山藩にとって、なくてはならない領地だ。ところが奥平藩はどうか……。あの藩は譜代ではあるが、山奥にあって農作物の収穫は少ない。材木は多かろうが、さほどの石高《こくだか》はもっておらぬ。言うなれば貧乏藩だ。当主の宇佐美左近殿は、当家を羨んでいるやもしれぬ。それに平湯庄はもとは宇佐美家の領地であった」

「すると、おぬしは宇佐美左近が賊を動かして、平湯庄に嫌がらせをしていると言うか」

ほうと、孫蔵は感心顔になって宗政を眺めた。以前はとんだうつけ者と決めつけていたが、このところ様相が変わってきている。ただの馬鹿殿ではないとわかってはいたが、なかなか核心をつくことを口にする。

「たしかなことはわからぬが、考えられることではある」

「されど孫よ」

宗政は身を少し乗り出してくる。

「なんの証拠もなく、左近殿に苦情を言うわけにはいかぬだろう」

「そこよ。苦情は言わぬが、相談を持ちかけるのだ」

「相談……」

「さよう。当家の領地を荒らす賊がいる。その賊は奥平藩の領内にいると思われる。一度調べてもらえないだろうかと……。むろん、すぐに動いてくれるかどうかわからぬが、このまま黙っているよりはよかろう。わが領内に巣くっている賊なら、草の根分けてでも捜すところではあるが、やつらは黒谷峠の先、つまり奥平藩領に逃げているのだ。おれの言うことがわかるか？」

「わかるとも。だがよ、孫」

「なんだ？」

「まあ、左近殿に当家に困り事があるという相談を持ちかけるのはよい。しかれど、その前に平湯庄の警固をもっと厳しくすべきだ。左近殿に相談をしても、すぐによき返事をもらえるかどうかわからぬ。返事はひと月、いや二月《ふたつき》三月《みつき》後になるやもしれぬ。その間にまたもや平湯庄が襲われたらたまらぬ。急ぐべきことは平湯庄に役所を作り、防備を固めることだ。それと同時に相談を持ちかける。それでどうじゃ」

「ほう」

孫蔵は口をすぼめて宗政を見る。こんなに思慮深い男だったかと思うのだ。

「いかがした？」

「いや、それでよいと思う」

「ならばすぐに取りかかれ」

こういうところが安直な宗政である。

「そうしたいところではあるが、そうはいかぬ。他のご家老らの話を聞くべきだ。もっとよい手の打ち方があるやもしれぬだろう」

「ならばすぐに集めろ。評定《ひょうじょう》を開く」

せっかちな宗政は即座に命じた。ぐずぐず先延ばしにしない男なのだ。

「相わかった。では、すぐに計らおう」

孫蔵はそのまま書院を出ると、家老詰所に足を運び各家老に話を持ちかけた。孫蔵は老練な家老連のなかにあってまだ若造である。

しかし、年輩の家老たちは孫蔵と宗政が、刎頸《ふんけい》の交わりであることをよく知っている。であるから、本郷家の当主宗政に言上したいことがあれば、孫蔵を体よく使っている。

「そのこと気にしておったのだ。評定は早いに越したことはない」

何かと口うるさい、もっとも歳のいった国家老の鈴木多聞が同意すれば、他の家老たちも異存ないと言ってすぐさま評定の席に足を運んだ。

間を置かず椿山藩の重臣らは広間に集まった。

鈴木多聞、佐々木一学、田中外記《げき》、鈴木重全《じゅうぜん》、そして孫蔵の五人である。

宗政は一段高い上段の間に座し、集まった家老たちを眺めたあとで、評定の趣旨を孫蔵に説明するようにうながした。

孫蔵は先刻、宗政と話していたことを家老たちに説明したあとで、

「殿は宇佐美左近様に賊のことで伺いを立てるのとあわせ、平湯庄に一日も早く厳しい警固のできる役所を作るべきだというお考えでございまする。ご一同様のお考えを忌憚《きたん》なくお聞かせ願いたく存じまする」

と、申しあげて宗政を見て、おぬしは何も言うなという目を送った。ときにとんちんかんなことを言う宗政であるから、孫蔵は心配する。

「いや、わたしは何も申すことはない。殿のお考えどおりでよいと思う」

真っ先に同意したのは、長老格の鈴木多聞だった。多聞は小さな目を光らせて他の家老らを見た。みんな、異議はないという顔をした。

「それでよいでしょう。しからば宇佐美家へ使いを出さなければなりませぬな」

鈴木重全が口を開いて一同を眺め、最後に宗政に視線を向けた。

「誰がよかろう?」

宗政が問えば、即座に重全が答えた。

「長老が出向くまでもないことでしょうが、だからといって軽輩では先様に失礼にあたりましょう。ここは孫蔵殿にまかせたらいかがでございましょう」

孫蔵は「えっ」と胸中で声を漏らし、さような大役はいやだと思う。

「孫蔵殿でよかろう。よい修行にもなりましょうから」

そう言ってにっこり笑うのは、多聞だった。他の家老たちも、それがよいと口を合わせる。

「ならば孫蔵、おぬしが使者となれ。それから平湯庄の役所は、今日明日にも段取りをつけて取りかかってもらう。手はずを整えてくれ」

宗政はそれで評定は終わりだという顔で立ちあがった。

（待ってくれ）

と、孫蔵は心中で叫ぶが、もはや手遅れであった。

第二章　駆け引き

一

平湯庄《ひらゆしょう》の警固をしている屯所襲撃から十日がたっていた。

その翌日に、宇佐美安綱《うさみやすつな》の使いである米原銑十郎《よねはらせんじゅうろう》がやってきて、襲撃の成果を聞いて帰ったが、その後何の音沙汰もない。

「なぜ知らせが来ねえんだ」

助五郎《すけごろう》は勝栗《かちぐり》をカリッと噛《か》んで吐き捨て、広場を眺めた。

いつものように立神《たてがみ》の里《さと》は穏やかだ。女たちは山で採れた薬草や果実で薬を作ったり、保存の利く地梨《じなし》の塩漬けなどを作ったりしている。子供たちは棒切れを持って剣術の真似事《まねごと》をして遊んでいた。

木漏れ日が広場に斑《まだら》な影を作り、樹間越しに射してくる光がまぶしい。

「助五郎さん、半吉《はんきち》と双佐《そうすけ》は戻ってこない。あの二人は殺されたんだな」

近くに来てにらむように見てくるのは、小六《ころく》だった。片腕をなくしているので、袖から出ているのは無事なほうの手だけだ。腕を失ったのは、見返《みかえり》峠で宇佐美家の家臣西藤左門《さいとうさもん》に斬られたからである。

「もう幾日も戻ってきていねえ。そう考えるしかねえだろう」

助五郎は半吉と双佐が、平湯庄を襲ったとき返り討ちにあったことを知っているが、正直なことは話していなかった。

「助五郎さん、半吉と双佐が殺されたのはあんたのせいだ。聞いたぜ……」

「何をだ？」

助五郎はぎらつく目で小六をにらみ返す。小六は宇佐美家を嫌っている。信用もしていないばかりか、自分の腕を斬り落とした西藤左門に恨みを抱いている。左門は仲間の孫助《まごすけ》も斬殺しているから、なおのことだった。

「あんたは宇佐美家に取り立ててもらうつもりだろう。そのために宇佐美家の言いなりになっている」

「……おめえにゃわからねえことだ」

小六は助五郎を見据えたまま首を振った。

「あんたのやり方は好きになれねえ。源爺《げんじい》もあんたは間違っていると言っている」

「………」

源爺というのは、助五郎らが住んでいる立神の里の長老、源助《げんすけ》のことだ。

「これ以上、仲間を連れて行かねえでくれ」

小六はそれだけを言うと、自分の家に戻っていった。助五郎はその背中をずっと眺めていた。

（おめえは損な生き方をして満足できるのか……）

胸中でつぶやき、手に持っていた勝栗を投げ捨てた。

この里で育った者は、一生浮かばれることがない。山に自生する薬草や、狩った獣の内臓を使って熊の胆《い》を作る。薬は珍重され、高値で取引できるが、ただそれだけのことだ。

暮らしは楽にはならない。こんな山奥の里にいては楽しみもない。町に行けば蔑む目で見られ、人並みの扱いを受けることはない。

（おれはそれがいやなんだ）

助五郎は目の先に幾棟も建っている掘っ立て小屋を見て思う。みんなくたびれた着物を着ている。継《つ》ぎ接《は》ぎだらけの襤褸《ぼろ》だ。女も子供、そして大人も同じだ。

（こんな山のなかで落ちぶれたくはねえ）

「くそッ」

助五郎は樹間越しに射《さ》してくる日の光をまぶしげに見て立ちあがった。そのとき、一軒の家から長老の源助があらわれ、助五郎に視線を注ぐなりゆっくり近づいてきた。

「助五郎、話がある」

源助は若い頃は幾多の戦場《いくさば》をわたり歩いた猛者《もさ》だったが、いまは杖《つえ》をついている老いぼれ爺《じじい》だった。それでも里の者は源助に一目置いている。

「なんだい？」

助五郎は切り株に座り直した。源助もそばの切り株に腰をおろし、顔を向けてきた。右目が白濁し、頭にはわずかに白髪が残っているだけだ。口に蓄えた髭《ひげ》も白かった。

「おまえはここを出て行け。それがみんなのためだ」

助五郎は黙って源助を見返した。

「おまえはここの暮らしがいやなんだろう。わしにはわかる。仲間を道連れにするんじゃない。おまえはおのれの望みを叶《かな》えるために、仲間を生《い》け贄《にえ》にしているだけだ。おまえは不幸をもたらしているおのれに気づいておらん」

「みんなこの里に満足していると思っているのか？」

「不満があれば出て行くだろう。それでも出て行かぬのはなぜだ？」

「ここを出ても馬鹿にされ、賤《いや》しむ目で見られ、そういう扱いをされるからだ」

「たとえそうだとしても、ここに不自由はない。食い物にも水にも苦労はせぬ。町に行けば食い物は容易《たやす》く手に入らぬ。他人を妬んだり羨んだりしなければならぬ。稼ぎがなければ貧乏に甘んじなければならん。ここはたしかに貧しいところだ。さりながら、誰も貧しいとは思っておらん。なぜだかわかるか？」

「…………」

「心が豊かだからだ」

「心……」

「ここには温《ぬく》もりの心がある。人は貧しくてもそうでなくても、温もりのある心を求める。それが幸せというものじゃ。金があっても心が貧しければ、幸せにはなれぬ」

「源爺、それじゃあんたは幸せなのか？」

「幸せかどうかわからぬが、不満はない。これでいいと思っている。誰かに指図されることもなく、縛られることもない。自由がある。それ以上のことをわしは望もうとは思わぬ」

「自由があっても、手に入れられない物が多すぎる。きれいな着物や寒さをしのげる夜具もなければ、塩も砂糖もない。醤油《しょうゆ》だって味醂《みりん》だって……。そうだ、塩がなきゃ、長持ちする食い物や飲み物は作れねえだろう」

「塩や醤油を買うぐらいの稼ぎはある」

「それだけだ。おれは女たちにきれいな着物を着せたい。城下を歩く娘が着ているような着物を。ここにいる女たちは、一生それができないんだ」

「それがここで生まれた者たちの定めだ。欲をかけばその先には不幸が待っている」

「欲があるから生きる甲斐《かい》があるんじゃねえか。欲のねえ人間なんていねえだろう」

「欲にもほどがあるってことだ」

「わからねえな」

助五郎は源助の視線を外した。

「どうやらおまえは血迷ってしまったようだ。だから言っておく」

助五郎は源助に視線を向け直した。

「仲間を道連れにするな。おまえの欲に引きずり込まねえでくれ」

源助はそれだけを言うと、ゆっくり立ちあがって歩き去った。

「何を言いやがる。老いぼれめ」

助五郎は小さく吐き捨てた。

二

（もう紅葉も終わりであるな）

宇佐美安綱は庭に面した大廊下に立ち、南方に見える山並を眺めていた。東から西へ順に、篠岳《しのだけ》、高盛山《たかもりやま》、笠森山《かさもりやま》が列《つら》なっている。

つい先日まで見事な紅葉が見られた。常緑の木々が、赤く染まったり黄色く染まったりしている落葉樹を際立たせていた。

その季節はよい。これからは寒くなる一方で、山は白く化粧を施される。

（これから長い冬の訪れか……それまではなんとか……）

胸中でつぶやいた安綱はくるりと振り返った。そばに控えていた小姓《こしょう》の剣持小平《けんもちこへい》太《た》が、びくっと肩を動かし、

「何かご用でございましょうか?」

と、おどおどした声音で聞いてきた。

「書院に戻る」

安綱は先に歩き出し、後ろからついてくる小平太に問いかけた。

「予が怖いか?」

「いいえ」

「いや、おぬしは予を怖《おそ》れている。怖れることはない」

「はい」

書院に戻った安綱は、部屋の隅に控えた小平太をもう一度見た。幼さを残した十八歳のその顔には、面皰《にきび》があった。

「おぬしはよく仕えてくれる。予を怖れることはない。ただひとつ聞く」

「はは、何でございましょう?」

「この国をどう思う?　有り体《てい》に申せ」

「……山深い田舎《いなか》だと思いまする」

小平太は一度うつむいたあとで答えた。

「たしかにそうだ。江戸暮らしを知っておるおぬしにはそう映るだろう。予が聞きたいのはさようなことではない。この国の暮らしはおぬしの目にどう映っている?」

「江戸に比べたら貧しいと思います」

「正直なやつだ」

安綱は小さく笑った。

「さよう、この国は貧しい。米も満足に穫《と》れぬ。それでも領民は必死に生きておる。山奥の暮らしに慣れていると言えば、それでおしまいだろうが、貧しさから救ってやらねばならぬ。それが予の務めだ。予はそのことを考えつづけておる」

「殿様は立派でございます」

安綱はいいやと、首を振った。

「予はまだなにもしておらぬ。国を栄えさせたいが、いかにしたらよいかと頭を悩ませるだけだ。一国一城の主《あるじ》であるからには、諸国に恥じぬ、いや諸国に誇れる国造りをしなければならぬ。それが先代への供養でもあろうし、家臣をはじめ領民たちへの恩返しであろう」

「やはり、殿様はご立派です」

小平太がきらきらと澄んだ瞳を向けてくる。

「立派であればよいがのお。小平太、佐渡《さど》を呼んでまいれ」

指図された小平太は、短く返事をしてすぐに佐渡を呼びに行った。佐渡というのは、鮫島佐渡守軍兵衛《さめじまさどのかみぐんべえ》のことだった。安綱がもっとも信を置いている家臣だった。

待つほどもなく軍兵衛がやってきた。

「お呼び立てにあずかり参上いたしました」

大きな口に太い眉、そして団子鼻という顔はいかついが、従順で見識の広い男だ。

「特段の用があるわけではないが、先ほど小平太と話をしておった。この国をどう栄えさせたらよいかということだが……」

「それはわれらの仕事でもあります。殿の衷心、それがしにはよくわかっているつもりでございまする」

「そなたに言われると心強い。それにしても難儀なことばかりだ。年貢を下げてくれと民百姓は訴える。下げれば、当家の台所が苦しくなり、家臣に与える禄《ろく》を減らさなければならぬ。江戸表《おもて》に行けば金がかかる。国許《くにもと》にいる間は、その煩わしさから逃れることができるが、安穏とはしておれぬ。年が明ければまた参勤の支度であろう」

「まことに忙《せわ》しないことでございます。されど、うまく国を治めなければ、殿の出世にもひびきます。いますぐにというわけにはまいらぬでしょうが、うまい策を講じるしかありませぬ」

安綱は涼しげな目をきらっと光らせて、軍兵衛を眺めた。平湯庄のことを言っているのだろうかと勘繰る。あの地は取り返さなければならぬが、いまは口にすべきことではない。

「うまい策とはなんじゃ。そちにいい考えでもあると申すか？」

「この国は周知のとおり、材木に恵まれています。その材木をさらに生かせぬものかと考えておりましたところ、山奉行の原崎惣左衛門《はらさきそうざえもん》から異な話を耳にいたしました」

「異な話……」

安綱は眉宇をひそめて、ひたと軍兵衛を見る。

「惣左衛門は役目柄、年がら年中腰弁当で山を歩きまわっております。その手下の足軽が山中で金《きん》の蔓《つる》（鉱脈）を見つけたようだと申すのです」

「金の蔓だと……」

安綱は思わず身を乗り出した。もしそれがほんとうの話なら思いもよらぬ果報である。

「たしかなことはわからぬと惣左衛門は申しますが、満更ではないようなのです。もし、金の蔓が領内にあれば、稲作に頼らずにすむかもしれませぬ。かつて信玄《しんげん》公は金鉱を持つことで富んでいました。いまや幕府のものになりましたが、謙信《けんしん》公は佐渡金山を持っていたおかげで強い武力を誇示できました。加賀前田《かがまえだ》家は能登《のと》と加賀に金山を、蒲生《がもう》家は会津《あいづ》に……。その話がまことであれば放っておけませぬ」

　話を聞くうちに、安綱は光明を見た気がした。

「惣左衛門から話を聞きたい。呼んでくれるか」

「いまは山に入っているはずです」

「帰りはいつだ？」

「明日、あるいは明後日かと……」

「蔓を見つけたのは惣左衛門の手下だと申したな」

「森田新十郎《もりたしんじゆうろう》と申す足軽です」

「その者はいまどこだ？」

「惣左衛門といっしょに山にいるはずです」

　安綱は視線を彷徨《さまよ》わせた。もし大きな金鉱であるなら、平湯庄のことは忘れてよい。もしほんとうなら、思いもよらぬ福が来たことになる。

「佐渡、その者らが戻り次第、予のもとに呼ぶのだ」

三

宗政《むねまさ》は諸肌《もろはだ》脱ぎになって素振りをつづけていた。隆《りゅう》とした厚い胸板も、逞《たくま》しい肩にも腕にも汗が光っていた。早朝の澄んだ大気のなかでの稽古は気持ちがよい。

庭の木々には朝露が光り、紗《しゃ》をかけたような霧が周辺の森に漂っていた。東雲《しののめ》は橙《だいだい》に染まっていたが、次第に黄味を帯び、そして赤くなってきた。その雲の上も群青から明るい青に変わりつつある。

「おりゃ、おりゃ、おりゃ……」

かけ声を発するたびに、木刀がぶんぶんうなる。

そこは御殿廊下前の庭だった。鍛錬をはじめてもう半刻《はんとき》（約一時間）になろうとしている。

昨夜はおたけに夜伽《よとぎ》をさせることができなかった。月のものがはじまったせいである。しかたなく、大年増のお才《さい》に伽をさせた。久しぶりだったので、お才は有頂天になって宗政にしがみついてきて、ことがすんでもすぐに離れようとしなかった。

（まあ、お才も可愛《かわい》い女よ）

と、才の体を思い出す。くびれた腰に引き締まった足首。小さめの尻と同じように乳も小ぶりだ。おたけとは正反対の体つきだが、

（まだ才を手放すわけにはいかぬな）

と、素振りをしながら鼻の下を長くして、締まりのない顔になる。

「殿、そろそろ朝の支度でございます」

廊下から声がかかった。小姓頭《がしら》の鈴木春之丞《はるのじょう》だった。

「うむ。ちょうど切りあげようと思っていたところだ」

春之丞に近づき木刀をわたし、代わりに手拭いを受け取った。汗を拭きながら春之丞をしげしげと眺める。視線に気づいた春之丞が、怪訝《けげん》な顔で目をしばたたく。すでに三十になっているが、美貌は若い頃と変わらない。

「女殺しの男だのぉ」

「は……」

春之丞は目をまるくした。

「何でもない」

朝は忙しい。洗面、ひげ剃《そ》り、髷《まげ》結い、そして着替え。すべてはまわりの者がやってくれるから楽ではあるが、うっとうしい。

洗面もひげも髪そのままのほうが楽だ。着物も着流しか、楽な浴衣《ゆかた》でいたいが、まわりが許してくれぬ。

おまけに毒味後の冷めた朝餉《あさげ》にはげんなりする。ほかほかの湯気の立つ飯を食いたいが、それもできぬ。

（殿様稼業も楽ではない）

と、内心でぼやきながら、早世した兄宗清《むねきよ》が健在であれば、自分はもう少し自由な身だったのにと思う。

「これより奥平《おくだいら》藩宇佐美家へ行ってまいります」

朝餉が終わり、厠《かわや》で屁《へ》をこきながら用を足して出たところで、孫蔵《まごぞう》が廊下に跪《ひざまず》いていた。

「大儀であるな。道中気をつけてまいれ」

宗政は手水《ちょうず》を使いながら応じた。

「わたしの留守の間、粗相なさいませぬようくれぐれもお願いいたします」

「何を言うか。ちょこざいな」

宗政は孫蔵のまるい顔を一瞥《いちべつ》して立ちあがった。小姓の右近《うこん》の差し出す手拭いを奪い取って手を拭う。

「それで幾日で戻ってくる？」

「用は長くはかからぬはずですから、遅くても七日後になるかと……」

「その間に平湯庄の役所も形を整えているであろう」

平湯庄に新設される役所は、三日前に着工されていた。

「そのことでございまする」

孫蔵はそばにいる右近を気にした。こういうとき、孫蔵が内密な話をしたがるのを宗政は知っているので、右近を人払いして書院に導いた。

「何だ？」

孫蔵は近づいてから口を開いた。

「平湯庄で命を落とした足軽の身内に弔意を表したのはよかった。辰之助《たつのすけ》らしきことであった。城に招かれた身内も涙を流して、辰之助の手厚い思いやりをありがたがった」

死んだ家臣の身内を城に呼んだのは昨日のことだった。奉仕してきた者に対する最低限の礼をしたいという宗政の思いであった。

ただ、身内の者たちの涙に釣られてはからずもおのれも落涙したのは、大名にあるまじきことだったとにわかに反省していた。おそらく、孫蔵はそのことに苦言を呈するのだろうと思ったが、別のことを口にした。

「辰之助、わたしが留守の間に城を抜け出してはならぬぞ。おぬしはすぐに城下に行きたがる。されど、此度《こたび》は平湯庄の役所普請をやっておる。まかり間違っても行ってはならぬ」

「何だ、さようなことだったか……。懸念あるな。行きたいのは山々だが、平湯庄はさすがに遠い。さりながらひとつ相談がある」

「なんだ？」

孫蔵は身構えるような目を向けてくる。

「新しい役所ができたら、わしはしばらくそこで過ごしたい」

「なに……」

孫蔵は驚いたように目をみはった。

「賊があらわれたら、わしが先陣を切って片づけに行く」

「ならぬ」

「死んだ家来たちの敵討《かたきう》ちだ」

「辰之助、その気持ちはわからぬでもないが、抑えてくれぬか。おまえ様は椿山《つばきやま》藩の当主である。もしものことがあったらいかがする。藩主が得体の知れぬ賊に殺されたりしたら、世間の物笑いどころではない。諸国大名家は蔑みの目で見るだろう。幕府も……」

「わしは殺されはせぬ」

「そんなことはわからぬではないか。とにかくできぬ相談だ」

孫蔵はあきれ顔になって、大きなため息をついた。

「わしはこう考えていたのだ」

「どう考えていたと申す？」

「わしは城にいることにして、こっそり平湯庄の役所に詰めて賊を待ち構えようと」

「城にいることにしてとは……？」

「影武者を置くのだ」

「は？　誰を影武者に立てると言うのだ？」

宗政はにかっと笑った。

「おぬしだ」

孫蔵は二度三度とかぶりを振った。

「できぬ相談だ。他のご家老らも決して許してはくださるまい。ならぬ、それはならぬ」

宗政は真顔になった。孫蔵にそう言われると、刀を鞘《さや》に納めるように考えたことを引っ込めるしかない。

「ならぬか。ま、よい。とにかく宇佐美家への一件、よしなに頼むぞ」

「気の乗らぬ役目ではあるが、肚《はら》をくくって行ってまいる」

「おぬしが頼みだ」

四

孫蔵はその日のうちに城を出て、奥平藩へ向かった。供連れは馬廻《うままわ》り衆三人、槍《やり》持《もち》同心二人、挟箱《はさみばこ》持ち、草履取り、口取りの計八人だった。馬廻りと槍持は、途中で賊に出くわす用心のために練達の者を選んだ。

奥平城下までは約二十七里（約一〇六キロメートル）、急げば三日の旅だが、山坂が多いので片道四日だと孫蔵は考えていた。

（なに、急ぐ旅ではない）

孫蔵は馬に揺られながら、これは初めての大役かもしれぬと気を引き締めていた。奥平藩宇佐美家といかように話を進めればよいか、そのことが念頭にある。たびたび平湯庄を襲う賊の話をしなければならないのだが、難癖と取られてはならない。また、椿山藩の治国に不備があると思われてもならない。

相手は譜代大名家である。当主の宇佐美左近将監《さこんしょうげん》安綱は、幕府重臣になれる人物。いずれは老中、あるいは大老職に就けるかもしれぬ。

（油断はできぬぞ）

孫蔵は胸中でつぶやき、口を引き結ぶ。

途中の村で一泊し、翌朝、平湯庄を通過した。下郷《しもごう》村に新たに設けられる役所の建築が進められているらしく、杵《きね》の音や玄翁《げんのう》の音が晩秋の澄みわたった空にひびいていた。様子を見ていきたいと思うが、いまは宇佐美家へ急ぐべきだった。

黒谷《くろたに》峠を越え、奥平藩領に入る。峠道を下るとまた坂は上りになる。見返峠で一度休みを取った。

周囲の山々は紅葉が終わりかけていたが、それでも見事な緋色《ひいろ》や朱色に染まった木があれば、黄色く染まった群生林もある。紅葉と黄葉の色も濃かったり薄かったりで、微妙に色が違う。それらが常緑樹のなかで際立った美しさを見せている。眼下を流れる絹川《きぬがわ》の瀬音が聞こえてくれれば、甲高い山鳥の声もあった。

それにしても奥平藩は山奥にある国だなと思う。いまだ田畑を見ないばかりか、人と出会うこともない。

孫蔵たちは見返峠から念珠坂《ねんじゅざか》を下りたところにある、小さな寺を見つけてそこを一泊の宿とした。

寺の住職は孫蔵が椿山藩の家老で、公用で奥平藩宇佐美家に向かっていると知ると、丁重にもてなしてくれたが、山深いところにある小さな寺なので食事も夜具も粗末であった。それでも夜露をしのげるだけでも、ありがたいと思うしかない。

その寺から奥平城下まで約四里（約一六キロメートル）の距離だという。

「この国に悪事をはたらく賊がおらぬだろうか？」

翌朝、孫蔵は枯れ枝のように痩せた住職に訊《たず》ねてみた。

「賊でございますか……」

「悪さをはたらく野盗のような者たちだ。道中でさような者たちに出会ったら、面倒であるからな」

孫蔵は不審がられないように言葉を濁した。

「ときどき旅人を脅す者がいるという話を耳にいたしますが、どうせ食い詰めた百姓か質《たち》の悪い浪人でしょう」

「さような悪さをする者はどこの国にもいるものだな」

孫蔵は住職に話を合わせた。下手《へた》に突っ込んだことを口にすれば、宇佐美家に内通されるかもしれない。

「人の道を外れた行いをする者には、いずれ天罰が下りましょう。邪心すべからく五欲から来るものでございます。そうは申しましても、欲を捨てられる人間はいません。それがこの世でございます」

「欲深いのが人間であるからな」

「いかにもさようでございます。いずれにせよ、道中ご安泰でありますようにお祈りいたしまする。何のおもてなしもできず申しわけございませんでした」

孫蔵は心付けの代わりに布施をはずんで寺を出た。

奥平城下が近づくにつれ道は平坦《へいたん》になり、周囲に民家が増えてきた。田や畑もあるが、椿山藩ほどの多さではなかった。その代わりに森林が豊かだ。

絹川と合する高野川《たかのがわ》をわたると、茶屋や小店があらわれ旅籠《はたご》や木賃宿も見受けられるようになった。さらに足を進めると北の方角に奥平城が姿をあらわした。二層四階の天守の屋根は千鳥破風《ちどりはふ》造り。白漆喰《しっくい》の壁と黒瓦の調和がよい。

城下に辿《たど》り着いたのは昼下がりであった。片道四日と考えていたが、天候にも恵まれたせいか一日早く着いたことになる。

城下はなかなかの賑《にぎ》わいを呈していた。椿山城下ほどではないが、往還の両側に商家が軒を連ね、ところどころの脇道の奥にも町屋があった。町人に交じって侍や百姓、あるいは職人の姿を見かける。

肩衣半袴《かたぎぬはんばかま》の侍は勤めを終えて下城してきた者と思われた。そんな侍と出会うたびに、奇異な目で見られた。おそらく他国の者とわかるからだろう。

意に介さず大手門まで行き、門番に取次ぎを頼んだ。これから先は供を連れていけないかもしれない。そう思うと、にわかに心細くなったが、孫蔵は下腹に力を入れ、緊張を緩めようと努めた。

それにしてもずいぶん待たされる。石垣を眺め、日の光に翳《かげ》りゆく天守を眺める。大きな楠《くすのき》が門近くの地面に影を作り、冷たい風が吹きわたった。

「ずいぶん待たされますね」

痺《しび》れを切らしたように供の馬廻りが言った。

「しかたあるまい。先触れなしの訪《おと》ないである」

孫蔵は門そばにある腰掛けに座り、天守を見あげながらあれこれ考えた。まずはどう切り出せばよいか。賊のことをどこまで話せばよいか。平湯庄の被害がいかほどであったか伝えるべきか否か。

国許を発《た》ってから考えつづけていることであるが、まだまとまりはついていなかった。相手の出方次第でもあるから、臨機応変に用談に入ったほうがよいかと迷う。おそらく藩主自ら出ては来ないだろう。応対するのは家老職か用人《ようにん》あたりだろうと勝手に想像する。しかし、見くびられてはならない。

天守が夕日に照らされ白漆喰の壁が茜色《あかねいろ》に染まりはじめた頃、宇佐美家の家臣がやって来た。

「本郷《ほんごう》家からお見えになったと伺いましたが、さていかようなご用でございましょう？　拙者は宇佐美家の使番《つかいばん》寺内《てらうち》右馬助《うまのすけ》と申します」

「本郷家家臣田中孫蔵と申します」

「使番でございましょうか？」

寺内と名乗った使番は、小太りで平べったい顔をしていた。

「本郷家の使いではあるが、家老である」

「それはお見それいたしました。ご案内つかまつります」

五

宇佐美安綱は山奉行原崎惣左衛門についている、足軽の森田新十郎から詳しい話を聞いたところだった。

聞けば聞くほど安綱の胸は高鳴った。もっともそれは話を信じればのことではあるが、

「必ずあの山には金の蔓（鉱脈）があると思います。わたしはほうぼうを歩きまわっていますが、あんなところに蔓があるとは思いもいたしませんでした」

と、新十郎は言って、懐から袱紗《ふくさ》包みを出して、そこに小さな金の塊があるのを見せた。その石の塊には泥がついており黒かったが、かすかに黄金《こがね》色に輝く一片があった。

安綱は手に取り、爪で金を削るように動かした。まさしく金であった。

「これを見つけた場所は他の者には教えておらぬだろうな」

安綱は真っ黒に日に焼けている新十郎の顔を見た。

「知っているのは原崎様と手前ら配下の者だけでございます」

「つぎの出立はいつだ？」

「明後日は別の山に行くことになっています」

「そこへは行かずともよい。これを見つけた山へ行き、入念に調べよ。惣左衛門、さようにはからえ」

「殿のお下知《げち》とあらば悉皆《しっかい》承知つかまつりましてございまする」

惣左衛門はそう応じると、新十郎をうながして座敷を出て行った。その姿が消えると、安綱は同席していた鮫島佐渡守軍兵衛を見た。

「佐渡、あの者たちの申すことがまことであれば、当家は金山を持つことになるやもしれぬ。金を掘り出すことができれば、当藩は潤う。稲作がどうの材木がどうのと頭を悩ませることはない」

「もし金山があったとしても、いかほど掘り出せるか、またいかほどの量が眠っているかが大事なところ。少量では話になりませぬ」

「夢のないことを言うでない。まずはあの者たちの調べを待とうではないか」

「もし、豊かな金山だとしたら平湯庄はいかがなさいます。やはり、取り返す算段を……」

「それは金山次第であろう」

「いかにも」

惣左衛門が畏《かしこ》まって応じたとき、使いの小姓が入側《いりがわ》にあらわれた。

「殿、椿山藩本郷家の使者がおいでになりました。田中孫蔵とおっしゃるご家老です」

安綱は思わず惣左衛門と顔を見合わせ、「やはり、来たか」と思った。用件は聞くまでもないことだが、

「いったい何用でまいったか聞いておるか？」

と、問うた。

「椿山藩領にある平湯庄のことだそうです」

「ふむ」

安綱は短く思案した。自分が出る幕ではない。

「平助《へいすけ》にまかせよう」

用人の栗原《くりはら》平助のことである。利《き》け者《もの》であるし、平湯庄のこともよく理解している。まかり間違っても下手な対応はしない男だ。

「では、さように」

小姓はそのまま立ち去った。

「来たな」

安綱は軍兵衛のいかつい顔を見て、口の端に笑みを浮かべた。

「平助殿なら失策はございますまい」

軍兵衛はそう言ったあとで、

「されど、平助殿は立神の里に住む助五郎たちのことは存じていませんよ」

と、にわかに不安の色を顔ににじませた。

「だからよいのだ」

安綱は助五郎を動かしているのが自分だというのを秘している。知っている者には固く口止めをしている。栗原平助でことは足りるはずだと胸算用していた。


本丸御殿に案内を受けた孫蔵は、玄関を入ってすぐの小座敷で待たされた。広座敷脇の次之間《つぎのま》である。

(安く見られておるな……)

内心不服であるが、なに用件をきっちり伝えて相手の反応を見ればわかることだとおのれに言い聞かせ、

(争いに来たのではなく相談に来たのだ)

と、内心でつぶやく。

待たせられる間に障子にあたっていた日の光が弱くなり、座敷がうす暗くなった。そこに座って小半刻《こはんとき》（約三〇分）ほどしてからひとりの男があらわれた。

「椿山からわざわざお見えになったと伺いましたが、大儀でございまするな。用人の栗原平助と申しまする」

のっぺり顔にある細い目に油断ならぬ光があった。

「本郷隼人正《はやとのかみ》家臣、田中孫蔵です。恥ずかしながら末席にて家老を務めております」

「ご重役でいらっしゃいましたか。それはまたご苦労様でございまする。して、相談がおありだと伺いましたが、いかようなことでございましょうや……」

栗原平助は心の底をのぞき見るような目を向けてくる。

「じつは当家に珍事が出来《しゅったい》いたし、頭を痛めているのでございます」

孫蔵は言葉を選びながら、当たり障りのないことを話さなければならない。道中あれこれ考えてきたが、思い切って直接的な話は慎むべきだと思い至っていた。

「はて珍事とは……？」

平助は片眉を動かした。

「当家には平湯庄という領地がございます」

「もとは我が藩の領地だったところでございますな」

「かつてはそうだったようですが、いまは椿山藩本郷家がしっかり守ってござる」

ここははっきり言っておくべきだった。

「珍事と申しますのは、その平湯庄に賊があらわれ村を荒らしたのでございます。その賊のことをよくよく調べましたれば、我が領内に住む者の仕業ではないことがわかりました」

何度も襲われたとは言わなかった。繰り返し襲われたと言えば、足許をすくわれかねない。被害を受けたのは油断であり、注意怠慢だと言葉を返されたくはない。

「賊は平湯庄の外れ、国境である黒谷峠を越えて逃げています」

「我が領内に逃げてきたと……」

「さようです。調べを進めましたところ、我が領内に平湯庄を荒らした賊はおりませぬ。ついては宇佐美家でお調べ願えまいかと、その相談にまいった次第です」

「平湯庄を襲った賊が、我が領内に逃げていると。それは聞き捨てならぬこと」

栗原平助は額にしわを寄せ、そんな賊の話は聞いたことがないとつぶやき、

「それで、いかほどの被害を受けられたのでございましょうや？」

と、眉宇をひそめて聞く。

「村の百姓家に押し入り、家人を殺したばかりでなく、女房や娘を手込めにし、米や金目のものを盗み去っております。一軒ではありません。数軒の家がさような残忍な仕打ちを受けております」

「それはひどい」

孫蔵は誤魔化されてはならぬという思いで、栗原平助の顔を凝視した。

「もし、その賊が貴殿の領地に逃げていれば、また悪事をはたらくやもしれませぬ。さようなことがあれば、宇佐美家にとっての損失。また、その賊が我が藩の者であれば、引き渡し願いたいのでございまする」

「つまり、賊を捜してもらいたいと、さようにおっしゃるのですな」

「いかにも」

「まさか、一揆《いっき》だったのでは……」

「一揆は一度も起きておりませぬ。得体の知れぬ賊の仕業だというのは明らかです」

孫蔵は遮って語気を強めた。一揆だと認めれば、治国の問題だと批判を受けることと必至だ。

「よくよく調べられましたのですな」

「いかにも。賊の面相はしかとわかっておりませぬが、揃《そろ》ったように獣の皮で作られた袖なし羽織をつけ、髷は結っておらず総髪を束ねているだけです」

栗原平助は短く考えてから、

「わかり申した。当家にてよく詮議いたしましょう」

と、怜悧《れいり》な目で孫蔵を見つめた。

「お約束願いまする」

「承知いたしました」

六

「賊に荒らされたと……それで、その賊を捜してもらいたいと……」

栗原平助から話を聞いた安綱は脇息《きょうそく》にもたれ、宙の一点を凝視した。

二人だけの奥書院だった。百目《ひゃくめ》蠟燭《ろうそく》の灯《あか》りで作られた安綱と栗原平助の影が、花鳥風月の描かれた唐紙《からかみ》に映っていた。

「もしや、一揆だったのではないだろうかと思い、さように訊ねますれば、田中殿はさようなことは一度も起きていないとおっしゃいました。話を伺ったかぎり残虐な賊の仕業だというのはわかります。当家の領地にその賊が身をひそめているならば、放ってはおけませぬ」

「たしかに聞き捨てならぬことだ。されど、捜す手掛かりがなければならぬ」

安綱は栗原平助ののっぺり顔を眺める。

「賊はみな総髪を束ね、獣の皮で作った羽織を身につけていたと言います。じつはそのことを聞いたときに、はたと思いあたる節がありまする」

安綱は心のなかで身構えた。

「思いあたるとは……？」

「ときどき街道荒らしが出るという話を聞きます。それも見返峠の近くだと。たびたびであれば放ってはおけぬので、見廻りを行ったことがあります」

「それで……」

「見つけることはできませんでした」

「その街道荒らしを見た者はいるのか？」

「何人かいるようですが、しかと覚えている者はいないようです。その街道荒らしは旅人や行商人を脅して、些少《さしょう》の金品を盗むだけで、殺しはやっていないと聞いています」

安綱は助五郎たちの仕業だろうと思いあたる。早めに釘《くぎ》を刺しておかなければならぬと思いもする。

「すると質の悪い追い剝ぎであろう。どこの国にもそういう輩《やから》はいるものだ。だからといって放っておくことはできぬ」

「しからば探索をやらねばなりませぬ」

「待て待て。慌てることはない。領民たちに害が出ているのならまだしも、本郷家からの相談であろう。安請け合いすることはない」

「しかれど、害が出ぬうちに先に手を打つべきではありませぬか」

物堅い用人であると、安綱は平助を眺める。

「たしかにそうであろうが、予に考えがある」

「それは……」

平助が少し身を乗り出し、細い目を見開く。

「賊が出たのは平湯庄であったな。あの地はかつては当家の領地であった」

「いかにも」

「領民も当家の者が多数残っているだろう。もしや、椿山藩本郷家は彼《か》の地を統治できないでいるのやもしれぬ。国をうまく治めることができぬから、平湯庄に珍事が起きたと触れ込んでおけば、幕府への言い条も通るであろう。お上《かみ》の批判をかわすために本郷家が布石を打ったのかもしれぬ。当家は譜代、本郷家は外様《とざま》だ。当家の信を得たいための計策ということもある」

「では、平湯庄に一揆が起きたとお考えで……」

「ないとは言えぬだろう。相手は目の届かぬ隣藩だ。いくらでも作り話はできる」

「なるほど……」

平助はうなるように身を引き、

「そう言われると、たしかにさようなことがあってもおかしくはありませぬな」

と、感心顔をする。

「ともあれ、様子を見よう」

「承知いたしました」

安綱はうまく丸め込めたと思い、内心で胸を撫《な》で下ろした。平助は実直で有能な用人である。歳《とし》も若いし、手放せない男だ。これからの藩政には必要だった。

平助が去ると、安綱はしばらく沈思熟考したあとで、口の端ににやりと薄い笑みを浮かべた。

本郷家から相談を受けたのはよかったかもしれぬ。いずれ相談はあると読んでいたが、駒岳の助五郎たちをいかに差配するかという問題があった。これで、いざとなれば助五郎たちを討つ大義名分ができた。

（その前に金山だ）

安綱はきらっと目を光らせる。金山が当家にあれば、借金返済や新たな借金に窮することもない。もっとも山奉行の原崎惣左衛門の調べを待たなければならぬが、安綱は大いに期待をしていた。

「誰かおらぬか」

安綱は声を張った。

すぐ廊下の入側に小姓があらわれた。

「米原銑十郎を呼んでまいれ」

「もう下城されているかもしれませぬ」

「下城しておれば呼び出すのだ」

「はは」

小姓が去ると、安綱はすっくと立ちあがって障子を開けた。いきなり寒風に身を包まれた。ぶるっと肩を揺すり、すでに暗くなっている表の闇に目を向けた。

「それにしても、やはり平湯庄を手に入れたい。いかにすればよいか……」

内心の思いはつぶやきとなって漏れた。

山の上に浮かぶ星を眺め、障子を閉めて銑十郎を待った。下城していなかったらしく、銑十郎はすぐにやって来た。

「米原銑十郎、罷《まか》り越しました」

廊下から声がかかると、安綱は入れと言葉を返した。

「明日にでも助五郎に会ってくれ。と、申すのは、本郷家から相談を受けたからだ」

「本郷家から相談を……」

「うむ。平湯庄が賊に襲われたということだ。使いの家老は何度も襲われたとは言っておらぬが、賊は当国に逃げ込んでいるので捜してくれと頼まれた」

「いかがなさるおつもりで……」

銑十郎はまっすぐな視線を向けてくる。

「相手は捜したら引き渡してくれと言っておる。むろん、さようなことはできぬ。されど、用人の栗原平助から聞いたのだが、どうやら助五郎らは街道荒らしを行っているようだ。向後《こうご》は一切やってはならぬと釘を刺せ」

「それだけでよろしいのでございますか？　しかし、あの男は容易には首を縦に振らぬと思います」

「先だっての褒美をわたさねばならぬ。そのついでに言い聞かせるのだ。此度は褒美金をはずんでおく。百両もわたせば文句は言わぬだろう」

「承知いたしました」

七

椿山城は冷たい雨に濡《ぬ》れていた。大気が冷え、道場の床は氷のように冷たくなっていた。

それでも当主の宗政は、諸肌脱ぎになって竹刀《しない》を振り、かけ声をひびかせていた。

そこは場内にある六間《けん》（約一一メートル）四方の武道場だった。

「さあ、かかってまいれ！」

宗政は稽古相手の馬廻り衆に誘いかける。道場には十人ほどの家来がいた。みな腕に自信のある馬廻り衆だ。軽輩ではあるが、宗政は真剣に稽古をつけていた。

「どりゃあ！」

三郎助《さぶろうすけ》という男が気合い一閃《いっせん》、上段から撃ち込んできた。宗政は擦りあげると同時に脇腹に一撃を見舞った。

「甘いッ！　つぎッ！」

宗政は竹刀を構え直してつぎの相手を誘う。使っているのは袋竹刀である。木刀の寸止めだと、あやまって怪我《けが》をする恐れがあるが、袋竹刀ならその心配はなかった。

とは言ってもまともに打撃を受ければ失神したり、骨折の恐れもあるから稽古をする者は必死の目である。袋竹刀は細く割った竹を三十本ほどまとめて合わせ、皮の袋を被《かぶ》せたものだ。

「さあ、どこからでもまいるがよい」

摺《す》り足《あし》を使って間合いを詰める宗政の息は白くなっていた。厚い胸板には汗が張りつき、隆とした肩のあたりから湯気が立っていた。稽古相手の馬廻り衆は稽古着だが、やはり白い息を吐き、顔に汗を浮かべていた。

宗政がすっと半尺前に出たところで、相手が腰を落としながら突きを送り込んできた。危うく胸を突かれそうになった宗政は半身をひねってかわすなり、竹刀を逆袈裟《ぎゃくけさ》に振りあげた。

相手は飛びしさってかわすなり、そのまま正面から撃ちかかってきた。バシッと鋭い音がした。宗政が鍔元《つばもと》で受けたのだ。そのまま体で押し込むように相手を下がらせ、胴を抜いた。

「まいりました！」

相手は「うっ」と、小さくうめいたあとで負けを認めた。

「よし、この辺にしておこう」

宗政が竹刀を納めると、道場にいた馬廻り衆にほっと安堵《あんど》の色が浮かんだ。

「みなの者も知っておろうが、平湯庄に再三賊があらわれ悪さをしておる。そのほうらの縁者にも犠牲になった者がいると聞く。賊は必ずや見つけ出し退治せねばならぬ。身内の敵を討つときは必ず来る。そのときのためにもしっかり備えをしておくのだ」

配下の馬廻り衆は道場にひびく声で返事をした。

「よし、これまでだ」

宗政はそのまま道場を出た。諸肌脱ぎの上半身裸のままだ。小姓の右近がせかせかとあとをついてくる。

「殿、傘を……」

「いらぬ。この雨が汗をかいている体に心地よいのだ」

右近はそのまま宗政のあとに従い、本丸御殿の奥に向かった。奥部屋に入ると、宗政の体を拭き、着替えの手伝いをした。

「失礼いたします。宇佐美家へおいでになっていた田中様がお戻りになりました」

知らせに来たのは小姓頭の鈴木春之丞だった。

「どこにいる？」

「鶴之間《つるのま》にてお待ちでございます」

宗政はきらっと目を光らせ、すぐに行くと答え、着流しのまま廊下に出た。庇《ひさし》からぽとぽとと雨が落ちており、遠くの景色は霧のように烟《けぶ》っていた。

鶴之間は玄関から入ってすぐの広座敷である。順に松之間・藤之間となり、各部屋を仕切る襖《ふすま》を取り払うと大広間に変じる。各座敷の奥には家老部屋や小姓部屋が別にあった。

鶴之間に入ると、孫蔵は下座に控えていた。平伏したあとで、ついいましがた戻ってきたと報告した。

「うむ、もそっとこれへ。春之丞、おぬしらは下がっておれ」

宗政は人払いをすると、もそっとこれへと孫蔵を近くに呼んだ。孫蔵は廊下側の襖が閉まったのをたしかめて、先を急ぐように膝行《しっこう》してきた。

「どうであった？」

宗政は開口一番に聞いた。

「言うべきことは言ってきた。賊の探索をして、捜し出した暁には当藩に引き渡してもらいたいと頼んできた」

「それで先方は承知してくれたのだな」

「よくよく詮議するという約束をもらった」

「相手は左近殿であったか？」

「まさか、藩主自ら出てくるわけはござらぬ。栗原平助という用人であった。左近様のお側《そば》近くにて役目を務める御仁らしく、なかなかの利け者と見た。おれの腹の底を窺《うかが》うような油断ならぬ目を向けられた」

孫蔵はそう言ったあとで、平湯庄が再三襲われたことや被害者の数は伏せておいた。伏せたのは足許を見られ、治国の不備をつかれては分が悪くなる恐れがあるからだと話した。

「そうか。孫、なかなかおぬしもやるではないか。すると、宇佐美家は賊捜しをやってくれるのだな」

「おそらく動いてくれるはずだ」

「さようか。ならば、あとは知らせを待つだけでよいのだな」

「待つしかなかろう。しかし、その間にまたもや賊がやって来たら困る」

「それはそうであろう」

「帰りに平湯庄に寄り役所の普請を見てきたが、普請方と作事方に村の者らが加わって手伝いをしているので、十日もすれば竣工《しゅんこう》の運びになろう」

「それはよき知らせだ。早いに越したことはない。よし、役所ができたらわしも一度足を運ぶことにしよう」

「まさか、行って居座るつもりではなかろうな。そんなことは罷りならぬぞ。おまえ様は椿山藩の当主なのだから、そのことを忘れてもらっては困る」

図星をつかれた宗政は鼻くそをほじった。ほんとうは新たにできる役所に詰めて、賊を迎え撃ち、蹴散らしてやろうという腹づもりがあった。

「小姑《こじゅうと》みたいなことを言いやがる」

「おまえ様には藩主としての自覚が欠けておるからだ」

「苦言しやがって。そんなことを言うのはおぬしぐらいだ」

「他のご家老らは言いたくても言えぬからだ」

「そういうものか……。まあ、わかった。それで頼みがある」

「なんでござろう？」

「耳を貸せ」

孫蔵が身を乗り出すと、宗政は至極真面目《まじめ》顔で囁《ささや》きかけた。とたん、孫蔵の顔がギョッとなり、

「それはならぬ」

と、身を引いて宗政をにらむように見た。

「わしは大真面目だ。やろうと決めておる」

第三章　百姓大名

一

「百姓をやる大名がどこにいる？」

孫蔵《まごぞう》は膝を詰めてあきれ顔をした。

「いやいや、百姓になると言うのではない。ま、聞け」

宗政《むねまさ》はいかつい顔に笑みを浮かべてつづける。

「おたけから話を聞いたのだ。百姓仕事がいかほど大変かということをな。田を耕し、水をやり、草を取り、よく稲が育つように心を配りつづけなければならぬ。大雨は困るが、雨がないとまた困る。日照りがつづけば稲にかぎらず、田や畑の作物が台なしになる。夏の洪水然《しか》り、大風然り。百姓は作物を育てるために、天変地異に身の細るほど気を遣っているのだ。さらに収穫した作物を大事に蓄えておかなければならぬ。長持ちせぬ野菜には塩や味噌《みそ》を使って手を加えたり、日持ちがよいように干したりもする。そうだ……」

宗政は言葉を切って、両の目をぎょろぎょろと動かしながら記憶の糸をたぐる。

「なんだ？」

黙って聞いている孫蔵が膝を詰めてくる。

「おお、思い出した。作物というのは田や畑から採れる。されども種を蒔《ま》いたからといって勝手に育ちはせぬのだ。知っておるか？」

孫蔵は真剣な顔で小さくうなずく。

「田や畑に大事なのは土だ。だから百姓たちは田起こしからはじめる。田が痩せていれば肥《こえ》をやらねばならぬ。またその肥作りにも汗を流す。大変だのう……」

宗政は自分で話しながら他人事《ひとごと》のように言うが、心の底から百姓たちの仕事を尊敬するようになっていた。

「大変だというのはわかる」

孫蔵が口を挟んだ。宗政はさらに真顔になって話す。

「虫がついたら作物は台なしになるそうだ。だから、百姓は虫にも気を遣わなければばならぬ。わしのように城にいては、そんな苦労を知ることはできぬ。だからわしは百姓の苦労を一度身をもって知りたいのだ。孫、わかるか？」

孫蔵は「うむ、うむ」とうなって、うつむいた。

宗政は太眉を動かして、こやつまた苦言を呈するかもしれぬと思う。だが、どうしてもやってみたい。うるさい家老らを説得するためには、まずは孫蔵を味方につけなければならない。だから、宗政はいつになく真剣なのだった。

「なにを黙っておる」

孫蔵は顔をあげ、

「立派だ。立派な考えである。されど、それはかなわぬこと」

と、言って首を横に振った。

「何故《なにゆえ》かなわぬ？」

「辰之助《たつのすけ》、おまえ様は一国一城の当主である。大名である」

「出世のかなわぬ外様《とざま》だ。ま、出世など望んではおらぬがな」

「出世のことを申しているのではない。身分を考えてもらいたい。世間広しと言えど、どこに百姓の真似事《まねごと》をする大名がいる」

「やってはならぬか？」

「他のご家老に相談をしても、一笑に付されるだけだ。馬鹿げた考えだ」

宗政は眉を吊《つ》りあげ、眼光を鋭くした。

「おぬしはたったいま、立派だと申したではないか。その舌の根も乾かぬうちに、馬鹿げたことだと申すか」

「そう怖い顔をするな。やりたければやってもよいだろうが、城内に小さな畑を作り、まあ申してみれば、道楽で畑作りをやるのであれば、誰もうるさいことは言わぬだろう」

「たわけっ。道楽で百姓仕事ができるか。わしは百姓の苦労を知りたいのだ」

「それはわかるが……できぬ相談だ」

「できぬことをできるようにするのがおぬしの務めだ」

こうと決めたらとことんやってみないと気がすまぬ宗政は、すっくと立ちあがり、

「わしはやりたいのだ。考えろ」

と、捨て科白《ぜりふ》を残して鶴之間《つるのま》を出た。

廊下を歩きながら西の空に沈もうとしている日を見た。雲は朱やあわい紫に染められている。その方角に平湯庄《ひらゆしょう》がある。

（そうだ。わしはこの国を守るとともに、平湯庄を守らなければならぬ。平湯庄は

亡き父が大事に拓《ひら》いた我が領地である）

賊であろうが、泥棒であろうが、侵略者を許してはならぬという思いが宗政の胸の底に生まれていた。

百姓仕事をしたいというのは、気紛《きまぐ》れではなかった。たしかに夜伽《よとぎ》をするおたけから聞いた話で思いついたのだが、宗政にしてはめずらしく熟慮した結果だった。

また、百姓仕事をしながら平湯庄に目を光らせることもできる。いざ、賊があらわれたら、持っていた鍬《くわ》や鋤《すき》を放り投げて立ち向かってもいける。

むろん、賊のこともあるが、被害に遭った百姓一家のことも考えた。一軒や二軒ではない。村名主一家も殺されている。それらの一家は田や畑を持っていた。その土地は空地になっている。いまは農閑期なのでさほど心配することはないだろうが、そのまま放っておくわけにはいかない。

いずれは殺された一家の縁者が引き継ぐか、村役人らの差配で分配される。それまでの間、宗政が立ち入ることのできる土地がある。

「おたけ、おたけ」

奥御殿に入るなり、宗政は声を張った。

はいはいと返事をしながら、おたけが寝間奥からあらわれた。肥えた体に紫地に落ち葉模様の裲襠《うちかけ》を纏《まと》っていた。歩く所作や小さな仕草もだんだん側女《そばめ》らしくなっているが、どこから見ても化粧映えのする顔ではなかった。それでも、日にさらされていない首から下の肌は白くもちもちしている。

「なんでございましょう」

「うむ。わしは百姓仕事をはじめるやもしれぬ」

「はあ。殿様がでございますか……」

おたけはお多福顔にある目をぱちくりさせる。

「さようだ。その手はずを整えている。整えば、おたけの親爺《おやじ》殿がわしの師匠になる」

「わたしめの父が、殿様のお師匠に……」

おたけは信じられないという顔をする。

「近々はっきりさせる。その前に、そなたの父御を城に招いて話を聞く。先に申しておかないと、そなたが驚くであろうからな。さようなことだ」

そのまま宗政は立ち去ろうとしたが、ふと立ち止まっておたけを振り返った。

「おたけ、今宵《こよい》もわしの伽を頼む」

とたん、おたけは恥じらうような笑みを浮かべ、

「嬉《うれ》しゅうございます」

と、頬を赤らめた。

二

篠岳《しのだけ》山中にある立神《たてがみ》の里《さと》は、朝晩の冷え込みが厳しくなっていた。寒さに耐えなければならないが、日が昇ったあとの日だまりは過ごしやすくなる。女たちは吊《つる》し柿を竿《さお》に掛けたり、薬草を煎じたり、あるいは勝栗《かちぐり》を作ったりしている。

勝栗は固くて苦いが口に含んでいるうちに甘みが出てきて、その味を知るとやみつきになる。助五郎《すけごろう》も勝栗が好きだった。

「助五郎さん、やるかい？」

吾市《ごいち》がそばにやって来て近くの切株に腰を下ろし、粗末なぐい呑《の》みを差し出した。地梨《じなし》を漬け込んで発酵させた酒だった。

「何を考えている？」

酒に口をつけた助五郎に吾市が顔を向けてきた。

「これからのことだ。おれはここに居坐《いすわ》る気はねえ。それに源爺《げんじい》はおれに出て行けと言う」

「それで、どうする気だ？」

助五郎は吾市を見た。吾市はとがった顎を撫《な》で、ぎょろ目を向けてくる。

「出て行く」

「決まったのか？」

助五郎は首を振った。吾市は仕官が決まったと思ったのかもしれない。

「この前、米原銑十郎《よねはらせんじゅうろう》さんが来ただろう。あのとき話があったんじゃねえか」

「召し抱えるという話は出なかった。だからおれはいつ召し抱えてもらえるのだと聞いた」

「それで……」

「いましばらく待てと言われた。殿様の都合があるらしい。どんな都合か知らねえが、体《てい》よく使われているのかもしれねえ。おれたちゃ指図どおりに平湯庄を襲った。だからはたらきが気にくわねえのかと聞いたんだ。米原殿はいましばらく成り行きを見る。それ次第でもうひとはたらきしてもらうことになるかもしれねえと」

助五郎は手に持っていた勝栗を投げた。ぎらつく目を広場で遊んでいる子供たちに向ける。広場は日当たりがよく、六百坪ほどの広さがあるので恰好《かっこう》の遊び場だ。

女たちはその一画で洗濯をしたり、寄木細工《よせぎざいく》を作ったりする。

「奥平《おくだいら》の殿様の狙いは何なんだ？」

　吾市が疑問をつぶやく。

「わからねえが、ひょっとすると平湯庄を、宇佐美《うさみ》家の領地にしようという魂胆かもしれねえ。昔は平湯庄は宇佐美家のものだったらしいからな」

「それは源爺から聞いたよ。昔はとんでもねえ荒れ地だったらしい。それを椿山《つばきやま》藩の先代の殿様が拓いたという話だ。そして荒れ地は豊かな土地になった。源爺はその領地を宇佐美家がほしがっても、椿山本郷《ほんごう》家は決して手放さないと言う。幕府もそんなことは易々《やすやす》と認めねえとな。つまるところ、宇佐美家がいくら平湯庄を取り返そうとしても無理なことらしい」

「そんなこたぁ、宇佐美の殿様もわかっているはずだ」

「それじゃ何のために、おれたちに平湯庄を襲わせるんだ？」

「そこがわからねえところさ」

　助五郎は無精ひげを掌《てのひら》でこすった。子供たちのはしゃぎ声がして、母親たちが笑いあった。ここには世間から隔絶された平穏な暮らしがある。誰にも束縛されず、権柄《けんぺい》ずくで威圧する者もいない。長老の源助《げんすけ》が作った掟《おきて》に従っているので大きな諍《いさか》いもない。

平和だ――。

しかし、助五郎は町の暮らしを知っている。父親は織田信長にも仕えていた。

（おれは武士になりたい）

助五郎の胸底には強い願望があった。

「吾市、きさまはここの暮らしに満足してるか？」

「してるわけねえさ。いままでは何とも思わなかったが、金がある」

助五郎は口の端に笑みを浮かべた吾市を見た。

先日、宇佐美家の使者である米原銑十郎が、先だって平湯庄を襲った褒美だと言って金百両を持ってきた。助五郎はいっしょにはたらいた者たちに等分に分けていた。

「うまい酒を飲みてえし、ここでは食えないものも食いてえ。着物だって新しく誂《あつら》えてえ。それにたまには町の女を……」

吾市はふふっと笑った。

「それがまっとうなやつの考えだ。おれは殿様に言ってやる。召し抱えてくれるなら、ここにいる男たちをみな頼むと」

吾市が真顔を向けてくる。

「頼みを聞いてくれるかな……」

「わからねえ。だが、やりたくもねえことやらされてんだ。百両の見返りで騙《だま》されてたまるか。そうだろう」

「助五郎さん、おれはあんたについていくよ。他のやつらはどう考えているか知らねえが……」

助五郎は集落の先にある林で枝打ちをしている仲間を見た。木々の隙間から漏れ射《さ》す光の筋が筒となっている。甲高い鳥の声がどこかでした。

北側の崖下から煙が立ち昇っていた。そこに炭焼き小屋があるのだ。坂下から水を汲《く》んできた佐吉《さきち》が子供たちの遊んでいる広場を横切り、自分の家に入った。家といっても板材で作った粗末な小屋だ。そんな家が十二軒ほど広場を中心に建っていた。

「おーい、戻ってきたぞ」

街道に繋《つな》がる坂道を上ってきた男が声を張った。助五郎がそっちを見ると、大きな背負子《しょいこ》を担いだ彦作《ひこさく》と万吉《まんきち》が広場に歩いて行った。

遊んでいた子供たちが二人に向かって駆けて行けば、女たちも集まってきた。

万吉と彦作は背負子を下ろすと、運んできたものを地面に並べた。鉈《なた》や斧《おの》や鎌もあれば、色鮮やかな古着もあった。彦作は子供たちに飴菓子《あめがし》を配ったあとで、

「ほれ醬油《しょうゆ》も塩もあるぜ。酒も買ってきた」

と、嬉しそうに集まってくる女たちに掲げて見せた。女も子供もそれらを見ては、手にとって喜んでいる。

万吉は仲間に新しい鉈や斧を見せ、これで山仕事が楽になると白い歯をこぼしている。

助五郎がゆっくり立ちあがって広場に向かうと、吾市があとをついてきた。

「宿場には何でもある。金さえありゃ、ほしいものは何でも手に入る。何か他にほしいもんがあるなら遠慮なく言ってくれ」

万吉は女たちに得意そうな笑顔を向けていた。

助五郎はそばに行くと、

「どこで買ってきた？」

と、万吉と彦作を交互に見た。

「城下まで行って来たんだよ。いつも変な目で見られるけど、こっちに金があるとわかると、どいつもこいつも掌返したように売りつけてくるんだ。だから釣りはい

らねえからと言って買ってきたよ。助五郎さん、これを見てくれ。いい鎌と鉈だろう」

助五郎は手に取って眺めた。たしかにいい道具だった。

「金は無駄に使うんじゃねえ」

「足りねえものを買ってきたんだ。無駄じゃねえよ」

万吉は口をとがらせる。

「今日は勘弁してやるが、宿場や城下に行くときゃ、一言断って行くんだ。それがこの里の掟だ」

助五郎がにらみつけると、万吉は黙り込んだあとで、つぎからはそうすると謝った。

「堅いこと言わなくていいじゃないのさ。せっかく行ってきてくれたんだよ。重かったろうねえ」

口答えしたのは助五郎の女房ちよだった。

「助五郎さん、ちょいと」

近くの家の戸口に立っていた小六《ころく》だった。なにやら顔色が青ざめていた。

「なんだ？」

「源爺が死にそうなんだ」

三

安綱《やすつな》の前に無精ひげを生やした五十過ぎの老人が座っていた。うらぶれた身なりで、日に焼けた顔はしわ深く、しみが無数に散っていた。山奉行原崎惣左衛門《はらさきそうざえもん》が連れてきた山師だった。名を石崎梅蔵《いしざきうめぞう》といった。

「それでおぬしは金《きん》の蔓《つる》をいかほど見つけた？」

安綱は目を輝かせていた。宇佐美家には金がない。借金は増える一方である。領内に大きな金の蔓が見つかれば、一気に悩みは消える。平湯庄にちょっかいを出して面倒を起こさずともすむ。

「信玄公がお達者なときには、黒川山《くろかわやま》と鳥葛山《つづらやま》の蔓を見つける手伝いをいたしました。その後、甲州《こうしゅう》の山を歩きまわりましたが、先に手をつけられているところばかりでしたので、佐渡《さど》にわたり、相川《あいかわ》の銀山を見つけました。それまで佐渡の金山は西三川《にしみかわ》と鶴子《つるし》が中心でございましたが、いまは相川に重みが置かれております」

地名を言われても安綱にはぴんと来ない。

「それで、惣左衛門の見つけた蔓はどうだ？」

これが肝要なことである。

「まだ、その地に足を運んでいませんのでなんとも言えませぬが、石を見せてもらったかぎり、蔓があると思われます」

安綱は輝く目をかっと見開く。

「これがそうです」

梅蔵は懐から石ころを取り出した。惣左衛門からもらったものだと言う。安綱が受け取った石とほとんど同じだった。

「佐渡で採れます石は銀黒《ぎんぐろ》と呼ばれています。その石のなかに脈がありまして、金や銀が含まれています。この石はそれによく似ております」

「すると金だけでなく銀も採れるやもしれぬと……」

「それは掘ってみなければわからぬことです。深く掘っても出てこないときもあれば、浅い場所に思わぬ蔓ができているときもあります。とにかく掘り師を連れて行き、掘って調べるしかありませぬ」

「掘り師……」

「金銀にかぎらず銅山にも蔓を掘り当てる掘り師がいます。その道に長じている者をそれがしは何人か知っております。声をかければすぐに駆けつけてくるはずです」

梅蔵の言う掘り師というのは坑夫のことである。

「では、いつ山へ行ける？」

「掘り師を集めるのに二、三日はかかると思いますので、それからということになります」

「早ければ三日後には山に向かえると申すか？」

「いかにもさようです」

惣左衛門らが見つけた蔓は、城の北方にある仙間山《せんげんやま》にあった。

「惣左衛門、聞いたとおりである。もし、蔓を見つけることができれば、褒美として五十石加増いたす。金あるいは銀の高によっては、さらに五十石加増すると約束する」

「はは、ありがたきお言葉。それがし、しっかり勤めまする」

「うむ、では吉報を待っておる」

惣左衛門と梅蔵は平伏《ひれふ》すと、そのまま座敷を出て行った。

「佐渡、平助《へいすけ》、どう思う？」

安綱はそばに控えていた家老の鮫島軍兵衛《さめじまぐんべえ》と、用人《ようにん》の栗原《くりはら》平助の顔を眺めた。

「蓋を開けてみなければわからぬでしょうが、もし金山、あるいは銀山が見つかり、それが大きな蔓であれば、当家に福をなすでしょう」

軍兵衛が口を開いた。

「平助、そなたはどうであろうか?」

「福となることを祈るばかりです」

安綱はうむとうなずきながら、大きな蔓があることを祈らずにはいられない。

「それで殿、本郷家から相談のあった先般の件でございますが、いかがいたしましょうや」

平助がのっぺり顔を向けてきた。

「本郷家の……田中という家老が来たことであるな」

「あのまま何の詮議もいたしておりませぬが、本郷家は当家の領地に村を荒らした賊が逃げ込んでいると申しています。ただの賊ではなく、人を殺し盗みをはたらく悪党どもです。さような賊を放っておくことはできませぬ。ここはしっかり調べをすべきでございましょう」

安綱は一気に興醒《きょうざ》めた顔になった。その表情の変化をつぶさに見た軍兵衛が代わりに答えた。

「本郷家からの相談事は、それがしも聞いておる。されど、城下にも領内にもさような賊が出たという話はない。その賊は一度我が領内に入ったかもしれぬが、また椿山藩領に引き返しているかもしれぬ」

「それならばそれと返答しなければなりません。それが礼儀というものでございましょう」

「椿山藩本郷家にはなんの義理もない。それがしは捨て置いてよいと思う。放っておけ。気に病むことではなかろう」

「これはずいぶんと乱暴な。相手は外様とは言え、粗略に扱うことはできますまい。それこそ、殿の信に関わること」

「返答をしなければ、殿の信が落ちると申すか」

軍兵衛は声を荒らげた。

「落ちるとは申しておりませぬ。宇佐美家の信用に疵《きず》がついては困ると申しておるのです」

「さようなことで疵などつきはせぬ。そこもとも苦労性だのぉ」

「佐渡殿、それがしを愚弄されるか」

平助は顔を赤らめて軍兵衛をにらんだ。

「やめぬか」

見かねた安綱が間に入ると、平助は口を真一文字に引き結んだ。

「佐渡が申したように本郷家への義理はない。むしろ、義理立てすべきは本郷家だ。そうであろう。当家に粗相があったとしても、平湯庄を明けわたしておるのだ」

「それはお上のご采配でなったこと」

「わかっておる。されど、手前勝手な相談であろう。もし、当家がさような賊に被害を受けているなら草の根分けてでも捜す」

「そうでございましょうが……」

「家来どもに無駄な労力を使わせることはない。賊は見つかりもしなければ、当家の領地に入ったという注進もない。現に何もないのであるから、さように返事をしておけばよいであろう」

「それでよろしいので……」

「殿がそうおっしゃっておるのだ」

軍兵衛がぴしゃりと言うと、また平助は如実に不満顔をした。

「難事は本郷家で起こったことだ。下手《へた》に助《すけ》をすることはなかろう」

安綱はそう言って立ちあがった。

四

「伊作《いさく》、おぬしは今日からわしのお師匠さんである。よろしく頼むぞ」

宗政は目の前に深々と平伏している伊作に声をかけた。

「あ、そんな師匠だなんて、とんでもねえ。おこがましいことです。へえ」

伊作は畳に額を擦《こす》りつける。おたけの父親である。歳《とし》は四十だが、しわ深く髪も薄くなっているのでもっと老けて見えた。

伊作を呼ぶことに問題はなかったが、百姓仕事をすると言い出した宗政に、孫蔵は一旦引き下がったものの、思いとどまるよう執拗《しつよう》に説得をしてきた。

民の苦労を知るために百姓仕事をするという考えは立派だが、それは話を聞けばすむことだ。苦労しているのは百姓だけではない。職人もいれば商人もいる。そういった者たちの苦労はどうするのだと食い下がってきた。

宗政はまずは百姓の苦労を知ることからはじめる。それから順々に職人や商人の弟子になると言ったら、孫蔵は口をあんぐりと開け、すっかりあきれ返った。

それから孫蔵は他の重臣らと相談をすると言って退席し、またすぐに戻ってきた。やはり他の家老たちも、百姓の苦労話を聞く程度ならよいだろうと答えたと言う。

宗政はだから答えた。

――うむ、まずは話を聞くことにいたす。

そうでも言わなければ、孫蔵はあの手この手で引き止めにかかると思った。しかし、おたけの父親伊作を呼んで話を聞くうちに、ますます百姓仕事をやってみたいという思いが強くなった。

「それにしても殿様、わたしはお呼び出しを受けてひやひやしておりました。なにかうちの娘が粗相をやらかし、お叱りを受けるのではないか。お叱りですめばよいが、もっとひどい咎《とが》めを受けるのではないかと……それが、師匠になれとおっしゃるので、腰が抜けそうでございます」

とたん、オホホとすっかり側女の所作と言葉つきが身についたおたけが笑い、

「おとっつぁん、まあ大袈裟《おおげさ》な」

と、言ってまたくすくす笑う。伊作を呼んでからおたけには同席させていた。

「わしは大真面目《おおまじめ》だ。それからおたけはなんの粗相もしておらぬ、安心いたせ。よく務めてくれておる。わしは大いに満足をしておる。とくに夜のはたらきは申し分

ない」

「ま、お殿様ったら……」

おたけが袖を振って頬を赤らめる。

「は、夜のはたらきでございますか？」

伊作は怪訝《けげん》そうな顔で畳の目を見ながらつぶやく。

「城仕事にはいろいろあるのだ。とにかく伊作師匠、よろしくお頼み申す」

かくして話は決まった。

しかし、これで宗政は安心してはおれなかった。いかにして伊作を平湯庄に連れて行ったらよいか、そのことを考えなければならない。

さいわい農閑期なので、伊作を平湯庄に連れて行っても、野良仕事にさほどの支障はきたさない。それに、伊作には倅《せがれ》がいて女房もいる。その二人で畑仕事はこなせるらしい。

宗政は考えた。めずらしく深く思案した。尻や脇の下を掻《か》きながら、ときに頭を掻きむしったりもした。そして、結論を出した。

何のことはない、当初思いついた考えに戻ったのだ。

「なに、平湯庄で畑仕事をやると」

呼び出した孫蔵に告げると、またもやあきれ顔をされた。

「辰之助、それがしの苦労も考えてくれぬか」

そこは書院御座所《ございしょ》で近くには誰もいないから、孫蔵は通称で話しかけてくる。

「それがしは家老と言えど末席の小間使いみたいなものだ。他の家老たちは、それがしとおまえ様が幼なじみで昵懇《じっこん》の仲だとわかっていらっしゃる。ゆえに、進言しづらいことや御用など何からなにまで、それがしに頼まれる」

「頼りにされるのはよいことだ」

宗政は行儀悪く片膝を立て、そこに片肘を置いて鼻くそをほじったり、耳くそをほじったりする。ついでに指についたものを嘗《な》めるという始末だ。

「いいことなどない。おれは家にも帰る暇がないほど忙しいのだ」

孫蔵はぶっちゃけた物言いに変えた。めずらしく目くじらを立てもする。

「百姓の苦労を知りたいというのはわかるが、おれの苦労もわかってくれぬか」

「おぬしは利《き》け者《もの》だから、わしの代わりになってくれたらよいのにと、常から考えているが、それはかなわぬことだからあきらめている」

「話柄《わへい》を変えるな。おれの苦労のことだ」

きっとした目を孫蔵が向けてくる。

「孫、そう怒らんでくれ。では、正直に言う。他言ならぬぞ」

「なんだ？」

「じつはな、やはり気になっておるのだ。平湯庄のことが。それに役所はもう出来たであろう。その見物にも行きたい。そして、その近くに住んで様子を見たいのだ。賊がやって来たら、我先にと先陣を切って蹴散らしに行く。それまでは静かに百姓仕事をしておく。それがわしの考えだ。言うな、誰にも言ってはならぬぞ」

「そんなこと言えるか。それに我先に先陣をだと。それは足軽の仕事だ。おまえ様は足軽ではない。どうしてわからぬのだ。このたわけが」

当主にこんな口が利けるのは孫蔵だけだ。それに宗政はいっこうに気にしない。

「たわけでもなんでもよい。いま言ったことをうまくできるように計らえ。重臣らにうまく話をして納得させせろ」

「できぬ相談だ」

「いや、孫、おぬしならできる。わしはおぬしだけが頼りなのだ。のう孫、頼むよ」

宗政は両手を合わせ、頭を下げる。こんな大名は他にはいないだろう。孫蔵もそんな宗政を憎めぬのか、大きなため息をつきながら、

「承知した。何とかしよう」

と、折れた。

五

安綱が奥御殿の御座所で下から上がってきた書面に目を通しているとき、古参家老の池畑《いけはた》能登守《のとのかみ》庄兵衛《しょうべえ》が訪ねてきた。

「何であろうか?」

「折り入ってお話がありまする」

入側《いりがわ》に跪《ひざまず》いたまま庄兵衛は顔をわずかに上げた。安綱は書面を見るのがいやになっていた。それは勘定方から上がってきたもので、目を被《おお》いたくなるほどの借金の山だった。返済の術《すべ》はいまのところ皆無だ。だから千々《ちぢ》に破り捨てたくなっていた。

毎月の借り入れは約百両から約百五十両。年にすればざっと二千両は下らない。それが先代からの分もあるので借金は積もり積もっており、利子だけでも年五百両近い。利子は払えぬから、またそれも借金に加算される。

当藩の実高はせいぜいが二万石。金に換算すれば、二万両と言ったところだ。それではとうてい藩財政は賄えない。参勤交代の折の道中にかかる費用が三百両。あれやこれやで、借金の高は四十万両に達しようとしている。

四十万両は、一両を米一石とすれば四十万石だ。公称三万石、実高二万石弱の藩に返済の目処《めど》はない。

安綱は頭を掻きむしりたくなったが、大きく息を吸って吐き、庄兵衛に顔を戻し、

「ま、よい。入れ」

と、招じ入れた。しばしの暇つぶしになるだろう。気分転換にもなろうという思いがあったので、宗政は庄兵衛の突然の訪《おと》ないを許した。

「話とは……」

安綱は膝行《しっこう》してきた庄兵衛に静かな眼差《まなざ》しを向ける。右目が潰れかかっているのは関ヶ原《せきがはら》での戦場疵のせいだった。筆頭家老ではあるがそれは体面だけで、すでに齢《よわい》七十を超えた年寄りで禿頭《とくとう》だ。しかし、老獪《ろうかい》な目は健在で、ときに安綱は庄兵衛から昔話を聞くのが好きだった。

庄兵衛は祖父の月祥院《げつしょういん》（元綱《もとつな》）の代から仕えている男で、文禄《ぶんろく》の役《えき》、関ヶ原、大坂冬・夏の陣に参戦していた。そのときの話を聞くと、心が躍ったものである。

しかし、いまはそれも飽きてきた。

「小耳に挟んだのでございます。殿が平湯庄を取り返す算段をしていると……。まことでございましょうか？」

庄兵衛は人を射竦《いすく》めるような目を向けてくる。安綱は内心で舌打ちした。いったい誰が漏らしたのだと。

「まことしやかな話であろう。いったい誰からさような話を聞いたと申す」

「それがしは地獄耳でございます。されど、このところ歳のせいで物忘れがひどく、誰が話しておったかは忘れました」

こういった弁解はただの年寄りではなく、年の功というものだろう。地獄耳と言ったが、すでに耳が遠くなっている。安綱は口の端に苦笑を浮かべた。

「殿と一度平湯庄に赴きましたが、あれは下見だったのでございましょう。おそらく江戸表《おもて》に、椿山藩平湯庄の噂《うわさ》が流れていたせいでございましょう」

「噂は聞いておった。だからこの目で見ておきたかったのだ。何故と問われれば、もとは当家の領地だったからだ」

「されど、平湯庄を見て気が変わられた。あの地を取り戻したいと……」

庄兵衛は目を逸《そ》らさない。

「父上は惜しいことをされたと思ったのはたしかだ。さりながら、あの地は本郷家のもの。取り戻したいと思っても、それはなかなかかなわぬことであろう」

安綱も庄兵衛をまっすぐ見た。心のうちの読めない年寄りだ。それより、安綱は自分の考えを見透かされているような気がした。

「いかにもさようでござりまする。邪《よこしま》な考えはよろしくありませぬ」

安綱はぴくっと片眉を動かし、庄兵衛を凝視した。

「予に邪な考えがあると申すか？」

「いまは泰平の世の中。戦国の世ではありませぬ」

「言われるまでもない。能登、仮の話であるが、もしそなたが平湯庄を手に入れるとすればどんな手を使う？」

安綱はうまく話をすり替えた。庄兵衛は有能な軍略家である。一度聞いておきたかった。

「仮の話……」

庄兵衛はつぶやいてからしばらく視線を泳がせた。

「戦国の世であるなら、いろいろと手立てはございましょう。まずは敵の隙をついて一気呵成《いっきかせい》に攻め入ることです。しかし、いまは無理な話」

「仮の話だ。他には？」

「敵の出方もありましょうが、味方をする諸将を手の内に入れ、そのあとで平湯庄に砦《とりで》を作ります。時が許すなら小城を拵《こしら》えてもようございましょう。あの地は高台にあります。向かってくる敵方を、坂上から追いやれるという分がございます。小城にしろ砦にしろ、まずは守りを固めるのは肝要。そこに味方勢を引き連れて行き、相手の肝をつぶします。それでも手向かう素振りがあれば、勢いを持って攻め入ります」

「なるほど」

「まずは数を揃《そろ》える工作をすべきでしょうな」

庄兵衛は味方勢力を増やし、砦を作って実効支配しろと言っているのだ。安綱はその意図を理解した。

「さほどに平湯庄に心を惹《ひ》かれておられまするか？」

庄兵衛は言葉を足した。

「仮の話だと申したであろう」

庄兵衛は視線を外して黙り込んだ。安綱はその姿を見て、別のことを聞いた。

「能登、当家の台所が苦しいのは存じておろう」

庄兵衛はゆっくり安綱に視線を戻して、小さくうなずいた。

「なんとかせねばならぬ。これは勘定方から上がってきたものだが、目を通すだけで頭が痛くなる」

安綱は束になって文机《ふづくえ》の上に置かれている書面をたたいた。

「借金はふくらむばかりだ。返済はできぬまま滞っている。勘定方には返済を請う催促が矢のようにやってくるという。よい知恵はなかろうか？」

庄兵衛は眉間を揉《も》んでしばらく黙り込んだ。

こういったことに庄兵衛の知恵はまわらぬ。そのことは十分承知していた。しかし、伊達《だて》に七十数年生きてきた男ではないから、思いもよらぬことを言うかもしれぬと、安綱は半ば期待をした。

やがて庄兵衛がゆっくり視線を戻してきた。

「殿、当家の台所が苦しいのはよく承知しております。なにか手立てを考えなければなりませぬが、耄碌《もうろく》した頭にはよい知恵が浮かびませぬ。ただ……」

「なんじゃ？」

「幕府を開かれた権現《ごんげん》（家康《いえやす》）様が身罷《みまか》られて、早三十数年の月日が過ぎました。その間に血で血を洗う争い事はなくなりました。当家を富ませるためには、人を育てることでございましょう」

「人を育てる……」

「よきはたらきをしてくれる者を多く育てる。それが、ひいては国のためになると思いまする。いまはじっと耐えるときです。人生には耐え忍ばなければならぬ時がありまます。国も同じだと考えまする」

やはり、無駄なことを聞いたと安綱は落胆した。

「お上の意にまつろうておれば、いずれよいときが来ると申すか。そんな悠長なことは言っておられぬのだ。能登、そなたの話はわかった。予のことは懸念に及ばず」

話は終わりだと言わんばかりに、安綱は文机の書面を開いた。

そのまま庄兵衛は退出したが、安綱にある考えが浮かんだ。庄兵衛から聞いた話は無駄ではなかった。

「そうか、そういう手があったか……」

思わずつぶやきを漏らした安綱の頭に、ある像が浮かんだ。

それは小さな城だった。

六

「ほう、なかなか立派な役所ができたな」

宗政は平湯庄に新設された役所の前に立っていた。小雪の舞う寒い日であったが、薄い雲の隙間から日の光が漏れ射していた。

役所は瓦葺《かわらぶ》きの平屋で建坪は約五十坪、庭は広く取ってあり、延べ面積は百五十坪ほどだった。

その庭に立っている宗政の背後には徒 侍《かちざむらい》十五人、馬廻《うままわ》り衆十人、そして孫蔵と国家老の田中外記《げき》、郡 奉行《こおり》の田中三右衛門《みつえもん》、目付 頭《がしら》の小林半蔵《はんぞう》、村横目の佐藤九兵衛《くへえ》が居並んでいた。また、庭の隅にはおたけと父親の伊作、村役の名主と肝煎《きもい》りと年寄の顔もあった。

「ご覧になりますか？」

三右衛門が声をかけてきた。宗政はうむとうなずき、出来たてほやほやの新築役所に入った。玄関を入ると杉と新しい畳の香りがした。部屋は全部で六つあり、それぞれ廊下と襖《ふすま》で仕切られており、庭に面した十二畳の部屋の襖を取り払うと大広間に使えるようになっていた。それに納戸と台所、厠《かわや》、蔵がある。玄関には槍《やり》・弓・薙刀《なぎなた》・刺股《さすまた》・突棒《つくぼう》・袖搦《そでがらみ》などの道具も備えられていた。

ざっと役所のなかを見学した宗政は満足していた。

「ここにはいかほど詰めることになっておる？」

「さしずめ三十人ほどです。いざという場合に備えて牢屋《ろうや》も作りました」

目付頭の半蔵が庭の隅を指さす。

厩《うまや》の横に土蔵のような建物があった。それが牢だった。

「村の見廻りはやっておるのだろうな」

「いまも各々の村をまわっている者たちがいます」

村横目の佐藤九兵衛が答えた。宗政は九兵衛を見た。瓢簞《ひょうたん》顔で顎がしゃくれている。

「そこもとはこの地にて長らく務めておるのだったな。大儀であるが、向後《こうご》もよきはたらきを頼む」

九兵衛は「はは」と頭を下げた。

宗政は平湯庄の西にある観音山《かんのんやま》を眺めた。ちらつく小雪で山はかすかに烟《けぶ》っているが、あの山の向こうは奥平藩宇佐美家の領地だ。

「孫蔵、宇佐美家から返答はまだ来ぬか？」

とたん孫蔵は苦い顔になった。

「そろそろ返事があってもよいかと待っておりますが、いまだ沙汰はありませぬ」

まわりには宗政の家来がいる。二人だけのときと違って、孫蔵は慇懃《いんぎん》に答える。

「さようか。賊はあれからあらわれておらぬか……」

「警戒を強くしていますので、賊もそれを知っているのかもしれませぬ」

目付頭の小林半蔵が答えた。

宗政は少し残念に思った。しかし、気をとり直して、自分がこの地に留《とど》まっている間にあらわれることに期待をした。そのときこそ、殺された者たちの無念を晴らせる。

「よし、天気もよくない。いまのうちに帰るとするか」

宗政がそう言ったとき、表の道から庭に入ってきた者が五人いた。陣笠《じんがさ》こそ被《かぶ》っていないが、手甲脚絆《てっこうきゃはん》に鎧《よろい》をつけ槍を持っていた。宗政らに気づくと、一斉に草摺《くさずり》の音をさせて跪いた。

（おお、戦場《いくさば》みたいではないか）

宗政は雑兵の身なりをしている徒侍たちを見て内心で感嘆した。

「賊は見つからぬか？」

「いっこうにあらわれる気配がありませぬ」

見廻りをやって来た徒侍のひとりが答えた。それは残念と、宗政は心中でつぶや
き、

（なに、あらわれたらわしが迎え撃ってやる）

と、内心でつぶやき足す。

「では、そろそろ」

孫蔵が遠慮がちの声で言って、帰城をうながした。

「殿のお帰りである」

三右衛門が声を張ったが、

「かまうな」

と、宗政は遮って、庭を出た。そのまま役所に留まる者たちを置いて、宗政は孫
蔵のあとに従った。おたけと伊作、村名主の甚助《じんすけ》がついてくる。

一行は八幡《はちまん》街道に出ると、一度背後を振り返った。家来たちの姿はなかった。

「孫、どこへ案内《あない》いたすのだ？」

宗政が問うと、孫蔵は最後尾にいる村名主の甚助を見て、「これへ」とうながし

た。

「支度は調えてあります」

宗政のそばに来た甚助は畏《かしこ》まって答え、言葉を足した。

「賊に襲われた岩下《いわした》村の百姓らの田畑は、そのままで手入れもされず野ざらしになっています。土地を引き継いでいる親戚縁者もありますが、残りの土地はこれから話し合いでどうするか決めることになっています」

「すると、いまだ行き先の決まらぬ田や畑があるのだな」

「そこへご案内いたしますが、家はひどく粗末です。殿様が寝起きできるような家ではありませんが、ほんとうにかまわないのでございましょうか……」

甚助はおどおどとちんまりした目を向けてくる。

「野宿をするよりはよかろう。それにわしは野宿が好きでな」

宗政はかっかっかと、快活に笑い飛ばす。

城下とは反対方向に足を進め、岩下村に入った。甚助が案内したのは、八幡街道から北へ三町ほど進んだ萱葺《かやぶ》きの家だった。

「ここであるか」

宗政はちらつく小雪の先にある百姓家を見て満足げにうなずいた。

（これでわしも百姓らしくなれるではないか）

勝手に感激する。

早速家のなかに入った。家人は賊に襲われて誰もいないので、家のなかはがらんとしていた。冷え冷えとした土間の先に台所があり、戸口を入った左右に板座敷があった。その座敷の先に板襖で遮られた畳の座敷があると教えられる。

他に仏壇の間と納戸があり、庭に面したところに縁側が走り、庭の隅に空っぽの厩と納屋があった。

「お殿様、こんな家でよろしいんでございましょうか？」

甚助が恐る恐る訊ねる。

「十分だ」

宗政はそう答えてから、孫蔵と甚助に帰ってよいと指図した。慌てたのは孫蔵だ。

「このこと決して他言してはならぬぞ」

きつい目で甚助に釘《くぎ》を刺してから、宗政に表で話があると言った。

表に出て甚助が立ち去ると、孫蔵は悩ましいような怒っているような複雑な顔を向けてきた。

「なんだ？」

「おまえ様がしばらく平湯庄に留まると、重臣らを説諭してきたが、長くはおれぬぞ。わかっておるな」

孫蔵は低声《こごえ》で言い聞かせる。

「何度も言うな。耳にたこができるわい」

「おまえ様はすぐに忘れるだろう。藩主が供連れもなく留守をするなどないことだ」

「供連れはある。おたけと伊作だ」

宗政はにひっと、いかつい顔で笑う。

「しようもない大名だ。とにかく約束は五日だ。五日後に迎えにまいる。わかっておるな」

「ああ、わかったわかった」

そう答えはするものの、五日では物足りないと思っている宗政である。

孫蔵が去っていくと、宗政は小雪をちらつかせる空を見あげ、

「これで肩の凝らぬ暮らしができる」

と、両手を大きく広げて息を吸った。

七

「お殿様、これに着替えてください」

翌朝、居間に座って茶をすすっていると、伊作が野良着を持ってやって来た。

「おお、すまぬな」

宗政は受け取ってから、

「伊作、わしを殿様と呼ぶでない。これからしばらくは百姓だ。そうだ、わしの通り名は辰之助と申す。いままでも呼ぶやつがいる」

と言って、孫蔵の顔をちらりと思い出し、すぐに消し去った。

「辰之助様ですか……」

「様はいらぬ。そうだ辰之助では百姓らしくない。辰蔵《たつぞう》と呼べ」

「呼び捨てなどできません」

伊作は困り顔をして、小さな体をさらに縮こまらせる。

「遠慮はいらぬ。呼んでみろ」

「あ、はい。た、辰蔵……」

伊作はそう言ったあとで、「さん」と小さく付け足し、深く頭を下げる。

「おぬしはわしの師匠なのだ。そうでないとやりにくいだろう」

「殿様、あまりおとっつぁんをいじめないでくださいまし。お味噌汁です。いまご飯を差しあげます」

台所仕事をしていたおたけが湯気の立つ味噌汁を運んできた。宗政はその椀《わん》を見て感激した。熱々ではないか。さらに湯気の立つ飯が目の前に差し出された。

「うまい！　それに温かい！　こんなうまい飯を食うたのは、久しぶりだ。うん、うまい」

宗政は味噌汁をすすり、炊きたての飯を頬張った。涙が出そうなほどうまい。いつも膳部に並ぶのは毒味の終わった冷や飯である。汁も煮物もみな冷めている。それだけに今朝の飯はなんとも言えぬほどうまかった。

飯後の茶を飲んでいる間に、伊作は先に畑に向かった。宗政は台所に立って片付けをしているおたけの、尻のあたりをにやけて眺める。

昨夜は伊作がいるので、乳繰り合うのを我慢するのにずいぶん苦労した。今宵はと思い鼻の下を長くしていると、ふいにおたけが振り返った。

「辰蔵、早く畑に行きなさい」

おたけは順応が早い。もう宗政を百姓扱いしている。

「わかったわかった」

宗政が鍬を担いで表に出ると、伊作がすぐ目の前の畑を耕していた。

「まずはどうすればよい？」

「あっしの真似をしてください」

「うむ」

宗政は継ぎのあたった野良着にくたびれた股引《ももひき》、素足に草鞋《わらじ》だ。髷《まげ》を隠すために頬《ほ》っ被《かむ》りをしていた。どこから見ても、恰幅《かっぷく》のよい百姓である。

宗政は庭から畑に入った。霜柱を踏んだのでジャリと音がした。しかし、昨日と違い天気がよいのでいずれ霜柱も解けるだろう。

伊作の仕事を眺め、見よう見真似で鍬を振り下ろす。そこは畑なのだろうが、草が生えていた。畑を掘り起こすたびに土の臭いが強くなる。

「殿様、それじゃだめです」

「辰蔵だ」

「あ、はい、そうでした。辰蔵、ただ掘るだけではだめでございます」

「これじゃだめか？」

伊作は規則正しく掘り返す必要がある。それも右へ左へと土を放ってはならぬ。伊作のように掘った土を右一列に揃えろと教える。

「なるほど、師匠のはまっすぐできれいであるな」

宗政は感心して体を動かす。こういったことの覚えは早いので、すぐにましになった。一反の畑の半分を耕した頃、おたけが野良着姿でやって来た。

「辰蔵、ずいぶん汗をかいているね。手拭いは持っているかい」

おたけがそう言って手拭いを差し出してくれる。宗政は胸を広げて汗を拭った。

おたけが微笑《ほほえ》ましく見てくる。

「面白いか？」

「辰蔵、へっぴり腰だよ。それじゃ疲れちまうよ。もう息があがっているし……」

たしかにへばりそうだった。それなのに伊作はどんどん耕している。小さな体のどこにそんな力があるのだと、さっきから不思議だったのだ。

「なにか要領があるのだろう。教えてくれ」

宗政が請うと、おたけがお手本を示してくれた。ほうと、宗政は感嘆の声を漏らす。百姓の娘だけあって、鍬を振るう姿が堂に入っている。

真似て鍬を使っているうちに、なんとなくコツがわかってきた。体を動かすのは得意だから、覚えが早いのだ。

「殿様、お上手です」

伊作が褒めてくれるのはいいが、

「師匠、辰蔵ですよ」

と、あらためてやらなければならない。

「そうだ。辰蔵、なかなかよいよ」

褒められて嬉しい宗政は、にんまりと笑う。

その日二畝《ふたうね》ほど耕したところで、日が暮れかかったので作業を終えた。肉体を酷使した宗政は爽快な気分だった。

「畑を作る苦労がよくわかった。それにしても、百姓仕事は足腰の鍛錬になる」

どぶろくを飲んで気分のよい宗政は、伊作とおたけに満面の笑みを向ける。

「おとっつぁん、辰蔵は黙っているとおっかないけど、笑うと可愛《かわい》いでしょ」

おたけが微笑んで言えば、

「これ、お殿様に向かってそんなことを言うな」

伊作はおたけの膝をたたく。

「いやいやかまわん。それでいいんだ。なんでも好きなことを言え。師匠、明日もあの畑を耕すんかい？」

宗政はおたけに指導してもらった百姓言葉を使う。

「へえ、もう少しやらねば畑にゃなりません。肥えた畑にするためにゃ、よく耕さねばならんのです」

「耕し終わったら何を植えるんだ？　それとも種を蒔《ま》くんかい？」

「大根か、牛蒡《ごぼう》あたりでも植えようかと……順々に教えますよ」

「師匠、よろしくお願いします」

宗政が頭を下げると、伊作は驚いたように飛びしさって深々と頭を下げる。

それを見たおたけが、大口を開けて笑った。

三日をかけて畑を耕したが、そのつぎの日は堆肥を撒《ま》く仕事があった。宗政は藩主の仕事を忘れて没頭したが、ときどき賊はあらわれないかと、西のほうに目をやった。

下郷《しもごう》村の役所に詰めている見廻りの足軽がときどきやって来て、本郷家の当主と気づかずに、精が出るなと声をかけて歩き去って行った。

「辰蔵、あれを」

その日の昼のことだった。堆肥を撒いている最中に、おたけが顔をこわばらせて一方を指さしていた。

宗政が腰を起こしてそちらを見ると、三頭の馬に乗った黒い影が見えた。馬上の男たちの顔は日の光の加減ではっきり見えないが、腰に刀を差しているのがわかった。

「おたけ、刀を持ってこい」

宗政は緊張の面持ちでおたけに命じた。

第四章　評　定

一

八幡《はちまん》街道にあらわれた三頭の馬に乗っている男たちは、日の光を背負っているので顔はよく見えなかったが、あきらかに侍である。

おたけから刀を受け取った宗政《むねまさ》は、ゆっくり足を進めた。騎馬武者三人はじっとこっちを見ているようであったが、ときおり顔を動かした。村の様子を見ているようである。百姓姿の宗政のことなど一顧だにしないという体《てい》だ。

「ぬぬっ。まさか賊の仲間ではあるまいな。仲間ならただではおかぬ」

宗政は小さく吐き捨てながら歩を進める。

騎馬との距離は二町（約二二〇メートル）はあるだろうか。宗政が畑から八幡街道につづく村道に出たとき、三人の乗った馬が小さく足踏みをして、尻を向けた。街道の南にある中小路《なかしょうじ》村に頭を向けたのだ。

八幡街道は西の奥平《おくだいら》藩と椿山《つばきやま》藩を結んでいる。三人がどの方角から来たのか不明だが、東から来たのであれば自分の家来と考えられる。

西から来たのであれば、奥平藩領から来たのかもしれぬ。いずれにしろ三人のことを調べなければならぬ。野良着姿の宗政は片手に刀をひっさげ、気を引き締めて三人の騎馬侍から目をそらさない。

寒風が吹きすさび、道の両脇の枯れ薄《すすき》を騒がせ、土埃《つちぼこり》が舞った。すっかり葉を落としきった銀杏《いちょう》の枝に止まっていた数羽の鴉《からす》が、いびつな声をあげてどこかへ飛んでいった。

もう相手との距離が一町になった。三人の侍はまた馬首をこちらに向けた。

そのとき、宗政の背後からいくつもの足音が迫ってきた。振り返ると、平《ひら》湯《ゆ》庄《しょう》に詰めている警固の徒侍《かちざむらい》たちだった。

その数八人。血相を変え、街道にあらわれた騎馬侍に向かって駆けてくる。槍《やり》を持っている者が三人いた。いずれも手甲脚絆《てっこうきゃはん》に具足をつけている。

（おお、これが戦場《いくさば》を駆ける足軽か……）

宗政は我が家来の勇壮な姿を見て感動した。

「どけ、百姓！」

「どかぬか百姓！」

駆けてきた彼らは立ち止まった宗政を怒鳴りつけた。

「邪魔だ邪魔だ！」

その気迫に宗政は言葉を返すことができなかった。気づいたときには、彼らは宗政の脇を怒濤《どとう》の勢いですり抜け、街道にいる三人の騎馬侍に猪突猛進《ちょとつもうしん》しつづけた。

ところが、彼らが街道まで半町ほどに迫ったとき、三頭の騎馬がくるりと馬首を返した。尻に鞭《むち》を打たれた馬は土煙を立て、蹄《ひづめ》の音をさせて駆け去った。

西の方角である。その姿が林の陰に隠れ、また見えたが、すぐに木立の向こうに姿を消した。それでも八人の徒侍たちは、口々になにか喚《わめ》きながら追いかけていった。

（やるではないか）

宗政は彼らの行動を見て、我が家来に頼もしさを覚えた。その徒侍たちは三人の騎馬侍を追って林の陰に見えなくなった。

「辰蔵《たつぞう》……」

背後で心細い声がした。振り返るとおたけが立っていた。

「どうするの?」

宗政はおたけから、もう一度街道のほうに視線を戻した。三人の騎馬も徒侍たちの姿もなかった。

「うむ、畑に戻って様子を見る」

おたけがほっとした顔で胸を撫《な》で下ろした。

「殿様、あいや、た、辰蔵どうするんだね」

伊作《いさく》が青ざめた顔で聞いてきた。

「様子を見るしかない。あの徒侍たちは頼もしい」

宗政がそう言ったとき、不審な騎馬を追っていった八人の徒侍が街道に姿を見せた。息を乱しているらしく、肩を大きく動かして歩いて戻ってくる。

(ここは警固の者にまかせておいてもいいかもしれぬ……)

宗政はそう思った。

野良仕事に戻ってすぐに、またもや近くの村道に役所詰めの徒侍十人ほどがあらわれた。率いているのは村横目の佐藤九兵衛《くへえ》だった。

「おい、さっき街道にあらわれた馬に乗った侍の顔を見なかったか?」

鍬《くわ》をふるっている宗政に九兵衛が声をかけてきた。

「顔は見なかった。いえ、見えませんでした」

宗政は頬《ほ》っ被《かむ》りした手拭いを締めながら答えた。

「そうか。ご苦労だな。精を出せ」

九兵衛はしゃくれ顎を撫でて、宗政にねぎらいの言葉をかけ、そのまま去っていった。

間もなく九兵衛らは、三頭の騎馬を追いかけた八人と合流し、なにやら立ち話をしていたが、そのうち街道を東に向かい、役所のある下郷《しもごう》村につづく道に入って見えなくなった。

その夜、囲炉裏を囲んで、宗政と伊作はおたけの給仕を受けて飯を食った。宗政は飯を食いながらも、昼間街道にあらわれた騎馬のことを考えていた。

平湯庄の詰所を襲った賊は、獣の皮で作った羽織をつけていたと聞いている。さらに髷《まげ》を結わず総髪だったとも。

昼間の三人の騎馬侍はそんな身なりではなかったはずだ。遠くからだから、しかとはたしかめられなかったが、打裂《ぶっさき》羽織に馬乗り袴《ばかま》だった気がする。

「辰蔵、煮物が冷めてしまいますよ」

宗政はおたけに声をかけられてはっとなった。

「おお、そうだな」

「何を考えているの？」

「あれこれだ」

宗政はそう言って、里芋の煮物を口に入れてから言葉を足した。

「城に戻る。明日あたり孫蔵《まごぞう》が迎えに来るだろうからな。あいたたた」

「どうしたの？」

「腰が痛い」

「鍬を使いすぎたのかしら。あとで揉《も》んであげるわ」

そう言われたとたん、宗政は鼻の下を長くして嬉《うれ》しそうに笑んだ。

二

宇佐美左近将監安綱《うさみさこんしょうげんやすつな》は久しぶりに天守に上り、子《ね》（北）の方角を眺めていた。

遠くにうっすらと雪を被《かぶ》った仙間山《せんげんやま》が見える。

（あそこに金山が……）

あればよい。あってくれと願わずにはいられない。

「寒くなったな」

安綱は唐突に独り言をつぶやいた。

「まったくでございまする」

控えている小姓《こしょう》の剣持小平太《けんもちこへいた》が応じた。そのとき、安綱のいる天守にもうひとりの小姓安森求馬助《やすもりもとめのすけ》が上ってきた。

「申しあげます。米原銑十郎《よねはらせんじゅうろう》様がお戻りになられました」

安綱は求馬助を振り返った。あどけない顔を少しもたげていた。

「どこで待っておる？」

「玄関そばの次之間《つぎのま》に控えられています」

「予はすぐに下りる。書院に呼べ」

「はは」

「待て。山奉行の惣左衛門《そうざえもん》はまだ戻ってきておらぬか？」

金山のことが頭を離れないので聞いた。

「原崎《はらさき》様はお見かけいたしません」

安綱は少し落胆したが、心を急《せ》かしてはならぬと自分を戒めて天守を下りた。

書院に入って間もなく米原銑十郎がやって来た。

「これへ」

銑十郎はうながされて近くまで膝行《しっこう》してきた。

「いつ戻ってきた?」

「は、昼前でございます」

「それで首尾は?」

安綱は銑十郎の浅黒い面長《おもなが》を眺める。

「警固が厳しくなっていました。それに平湯庄の村を、峠の下の台地から眺めますれば、新たな家が建てられていました」

「新たな家?」

安綱は眉宇をひそめた。

「近くへ行ってたしかめることはできませんでしたが、おそらく村横目の詰所を大きくしたのではないかと思われまする。その建物前にある庭には数人の足軽の姿があり、また村を廻《まわ》っている者たちもいます。また、峠を下り平湯庄に入ったところで、手前どもは警固の者たちに見つかり、急ぎ引き返しました」

安綱は脇息《きょうそく》の端を指先で小刻みにたたきながら、理知に長《た》けた目を短く泳がせた。

助五郎《すけごろう》らに本郷家《ほんごう》の足軽を襲わせたのが裏目に出たのかもしれぬ。

「本郷家は警戒を強め、守りを固めたか……」

「さように見受けられました」

「すると、迂闊《うかつ》には手を出せなくなったということであるか」

「攻め入るのはむずかしくなっております。ここは慎重を期すべきかと……」

安綱は銑十郎を静かに眺めた。

馬廻り衆のひとりに過ぎぬ男だが、よくはたらいてくれるし、口も固い。向後《こうご》のはたらき次第では褒美に禄高《ろくだか》を上げてやるか、組頭《くみがしら》に格上げしてやってもよいと考えた。

さりながら当家には金がないというのを思い出した。そして、もうひとつ気になっていることを聞いた。

「助五郎らに動きはないか？」

「はは、平湯庄からの帰りに立ち寄ってまいりました。助五郎はやや気落ちしている様子でした」

「あやつが気落ち……」

安綱は柳眉をあげてもとに戻した。

「なんでも助五郎たちの住まう集落の長老が、死にそうだということでございました」

「それは気の毒な。それで助五郎は何か言っておらぬか？」

「殿に会わせてもらえないかと言われましたが、いまはできぬと断りました。さりながら助五郎は殿からの沙汰を待ち望んでいます」

助五郎が何を待ち望んでいるか、それは考えるまでもないことだった。

「予は召し抱えると約束したが、違《たが》えることはせぬ。そのこと助五郎によくよく言い聞かせるのだ。それから、ひとつ考えが浮かんだ」

「何でございましょう？」

銑十郎が上目遣いの目を向けてくる。

「構えて他言いたすな。場合によっては、予も助五郎らと行動を共にしてもよいと考えている」

銑十郎は細い吊《つ》り目をかっと見開いた。

「それはいかようなことで……」

「平湯庄にいっしょに乗り込むということだ。むろん、当家の重臣らには内密にせねばならぬが……」

「殿があの者たちと平湯庄に……しかし、万が一のことがあればいかがされます？」

「予が討ち死にするとでも思うか。さような下手《へた》は取らぬ」

安綱はにやりと自信ありげな笑みを浮かべて、言葉を足した。

「ただし、いますぐにというわけではない。しばらく様子を見る。その間に吉報が届けられれば、助五郎たちは用なしとなる」

「と、おっしゃいますのは……？」

「領内に金山が見つかるかもしれぬ。いま山奉行らが躍起になって調べている。もし、大きな蔓《つる》があるとわかれば、助五郎は山奉行の下につけてもよい。もともと山で暮らす山賊だ。金山はともあれ、山のことには詳しいであろうからな」

「それはよい考えかもしれませぬ。して、ほんとうに金山が……」

「まだ、なんとも言えぬが、調べに行っている惣左衛門らの知らせを待つだけだ」

「もし、金山がなかったならばいかがされます？」

安綱は以前より口数の多くなった銑十郎を短く凝視した。それに気づいたらしい、銑十郎は目線を膝許《ひざもと》に落とした。

「従前どおりのはたらきをしてもらうが、いまはとにかく様子見だ」

「承知つかまつりました」

銑十郎が書院を出て行くと、安綱は落ち着きなく脇息を指先でたたきつづけ、あれこれ考えをめぐらした。

「殿、勘定方の吉原《よしはら》様がお見えです」

入側《いりがわ》から小姓の声がした。安綱は勘定奉行の吉原剛三郎《こうざぶろう》を呼んでいるのだった。くさぐさのことを考えていたのですっかり失念していた。

「入れ」

声を返すと襖《ふすま》が開かれ、剛三郎が入ってきた。目だけが大きくて鶴《つる》のように痩せた男だ。近くに呼ぶと、早速用件に入った。

「用談があるらしいが、何であろうか？」

「はは、他のご重臣らとも相談いたしし、ここはいっそのこと借り上げをするしかないであろうという話になりましたのでございますが、殿はいかがお考えになりましょうか？」

「ふむ」

安綱にはその考えがなくもなかった。つまり、家臣への禄の支給を先延ばしにし、当面の藩費に充てるということだ。もちろん全額というのではない。

「借り上げはいかほどがよいと考える」

「四分の一、あるいは三分の一という話になっています」

「予はやるなら一半《いっぱん》（半分）にしたいと考えておった。しかれど、いずれは給与しなければならぬ。上士ならそこそこ持ちこたえることができるだろうが、下々の足軽などは生計が苦しくなろう。そのことを考えると踏み切れぬ」

「仰せのとおりかと存じまする。しからば、大名貸《だいみょうがし》を考えてみてはいかがでしょうか？」

安綱はじわじわと腹の底に怒りを覚えた。当家の重臣らは金を借りることばかり考えておる。借りたものは返さなければならぬことを忘れている。

その場で剛三郎を叱りつけてやりたくなったが、詮無いこと。叱りつけるなら重臣らを集めた場でやるべきだと気持ちを静めた。

「みなの者に申すのだ。もう少し知恵のあることを考えろと。借り上げも大名貸もいまは考えぬ。この国を富ませる実のあることを考えろ」

安綱は「行け」というふうに右手をさっと振った。

吉原剛三郎が去ると、

「どいつもこいつも……」

と、苛立《いらだ》ちのあまり愚痴がこぼれた。

三

雪が降り周囲の木々も地面も白くなっていた。吐く息も白い。それなのに助五郎は汗をかいていた。立神《たてがみ》の里《さと》で暮らす者たちが、そのまわりで助五郎の作業を静かに見守っていた。

助五郎は穴を掘っているのだった。若い彦作《ひこさく》と万吉《まんきち》が手伝ってくれているので、穴は間もなく適当な深さに掘れた。

「よし、これぐらいでいいだろう」

助五郎は荒い息をしながら鋤《すき》を傍らに突き立てた。彦作と万吉も汗を顔に張りつかせ、大きく息を吸って吐いた。

「入れるんだ」

助五郎が指図すると、ぎょろ目の吾市《ごいち》が十郎《じゅうろう》と佐吉《さきち》に手伝わせて、畚《もっこ》に包《くる》まれた遺体を穴のなかに入れた。立神の里の長老、源助《げんすけ》の亡骸《なきがら》だった。

女たちが「南無阿弥陀仏《なむあみだぶつ》、南無阿弥陀仏……」と口々に念仏を唱えた。子供たちがそれを真似《まね》して、つぶやきを繰り返した。念仏はその先を知らないので、同じ言葉が繰り返されるだけだ。

助五郎は土を被せる作業に移った。彦作と万吉が手伝うので、源助の遺体はあっという間に埋められ、こんもりした土盛りになった。

小六《ころく》が泣きながら椿《つばき》の花を供えると、女たちが水仙の花を土盛りに添えた。そして線香を焚《た》いて、みんなで合掌する。源助の簡素な葬式の終わりだった。

助五郎は薄鼠《うすねずみ》色の雲に被《おお》われた山の上を見た。雪が風に舞って降りつづいていた。風がぴゅーと鳴り、森のなかで鳥たちの甲高い声がした。

「帰ろう」

助五郎が振り返って言うと、みんなはそろそろと引き返していった。そこは立神の里から山頂に向かう杣道《そまみち》の脇にある日当たりのよい場所だった。少し開けているので、墓には恰好《かっこう》の場所と思われた。

源助を慕っていた小六はずっと泣いていた。片腕をなくしているので、自由の利く右手で何度も目をこすりながら、肩をふるわせていた。

源助が死んだのは昨日だった。小六が源爺《げんじい》が死にそうだと告げたときから、十三日後のことだった。

源助は息を引き取る三日前に助五郎を枕許に呼んだ。

「わしはもう長くない。この世に未練もない。だが、ひとつだけ頼みがある」

源助は歯のない口を動かし、もごもごとしゃべった。ゆっくりとだ。

「何だ？」

「おめえがここを出て行きたがっているのはわかっている。その気持ちもわかる。引き止めはしねえが、みんなを守ってくれねえか。おまえはいずれ出て行くだろうが、ときどきみんなの様子を見に来てくれ。おまえについて行くやつもいるだろうが、残った者たちのことを考えてくれ」

「……わかってる。そうするつもりだ」

「それから黙っていたが、ここには金がある」

助五郎はかっと目をみはった。源助は白濁した右目を薄く開けてつづけた。

「砂金だ。この里の北側を流れる川がある。絹川《きぬがわ》に注いでいる小さな川だ」

「知っている」

「その川の上のほうに砂金がある。いくらあるかわからねえが、川底を笊《ざる》で掬《すく》うときらきらときれいに光る金が出てくる」

「ほんとうか……」

助五郎はかすれ声で聞いた。

「嘘《うそ》じゃねえ。おめえは身分と金をほしがっている。ここでは山の恵みで作った薬草や、熊の胆《い》を売って金に換えている。いくらの実入りがあるか、おめえも知ってのとおりだ。それでも静かな暮らしができた。それほど不自由もしない。だが、そろそろ変わらなきゃならねえのかもしれん。子供は読み書きができねえ。女たちもそうだ。里や町に行けば、馬鹿にされずとも蔑まれるだろう。わしは、みんながどこへ行っても、人並みの暮らしができるようにしてやりたかったが、できなかった。そのことをおめえに頼みたかったんだ」

「…………」

「それからもうひとつ」

「何だい？」

「おめえは身分をほしがっているが、運良く身代にありついても、まともな知行《ちぎょう》をもらえるとはかぎらねえ。わしは幾度も戦場に出てはたらいた。都合よく主君を選んで家来になっても、おのれの望み通りにはならなかった。それが浮世の定めだ。誰に教わったか忘れたが、聞いた言葉がある。尾を塗中《とちゅう》に曳《ひ》くというやつだ」

「尾を、塗中に曳く……」

「誰かに召し抱えられて不自由するより、貧乏しても安らかな暮らしがよいということだ。そのとおりだとわしは思っておる。欲をかけばいいことはねえ」

源助はそれだけを言うと、目をつむって小さな寝息を立てた。そのまま源助は二度と目を覚ますことはなかった。


きーっ！

近くの木に止まった鵯《ひよどり》の甲高い声で助五郎は我に返った。

もうみんなは集落に帰ったらしく、姿が見えなくなっていた。助五郎は顔に張りついた雪を払いのけて杣道を下った。

集落の広場で焚《た》き火《び》にあたっていた吾市が、助五郎に気づいて立ちあがった。

「助五郎さん、話がある」

「何だ？」

「ここの里のことだ。源爺は死んだ。今度は助五郎さん、あんたがこの里の長《おさ》だ」

助五郎は黙って吾市を眺めた。吾市はぎょろついた目で見てくる。

「だけどよ、あんたはこの里を出る気だ。おれもそうだけど、他のやつらはどうする？　連れていくのか？」

「わからねえ。すべては奥平の殿様次第だ」

「その殿様からはちっとも沙汰がねえじゃねえか」

「いずれある。米原銑十郎殿にしばらく待てと言われてんだ。せっつくこたぁねえだろう」

「だけどよ、指くわえて待っているだけじゃねえか」

「何か考えがあるんだろう。おれにゃわからねえことだ」

助五郎はそのまま自分の家に向かった。源助に言われた言葉が頭にちらついていた。

（尾を塗中に曳く……）

四

城に戻った宗政は、奥書院で火鉢にあたり暖をとっていた。昨日から雪が降りだし、朝晩の冷え込みが厳しくなっていた。

（暇じゃ……）

朝からやることがない。藩主とはこうも暇なものかと思いもする。さりとて道場へ行って剣術の稽古をする気にはならない。

朝から小言を聞かされていた。それは筆頭家老の鈴木重全《じゅうぜん》の催促だった。やれ、道普請が遅れている。橋普請の算段もつけなければならない。いったいいつ手をつけるのだとせっつかれた。重全は福々しい顔に似合うものやわらかい話し方をするが、宗政には小言にしか聞こえなかった。

宗政は自分に伺いを立てることはない、やると決まっていることだからさっさと手をつけろと答えた。そう申したはずだとも。

すると、重全は上目遣いに見てきて、ほんとうにそれでよいのかとあらためて聞いた。

「よい、やると決まったらさっさとやればいいだけのことだ。細かいことはわしにはわからぬから、普請奉行と作事奉行と相談してやればよいのだ」

「では、さようにいたします」

重全はそう言って引き下がった。

そのあとで宗政は孫蔵をそばに呼んで、平湯庄がどうなっているか逐一報告するように命じた。孫蔵はすぐに聞いてまいると下がったが、それから一刻《とき》（約二時間）が過ぎていた。

奥御殿の自室に行っておたけをそばに呼び、昼間から乳繰り合いたいと思いもするが、孫蔵を待たなければならない。

ぱちっと火鉢の炭が爆《は》ぜた。同時に宗政は立ちあがって障子を開け、表を見た。庭は真っ白になっていたが、雪は小降りになっていた。

伊作の畑に行ってもう一度野良仕事をしたい。今度は種を蒔《ま》き、野菜を育てたいと思う。

しかし、牛蒡《ごぼう》は二月半ばからの作業で、大根はそれより一月ほどあとらしい。もっともその一月《ひとつき》前に畑に肥《こえ》をやる仕事があるという。

（二月か……それまで二月《ふたつき》はあるな……）

宗政は短い百姓作業を経験したが、じつに楽しかった。それに何より、城で供される飯より格段に食事がうまい。何もかも熱々のほかほかなのだ。

（いつもああいう飯を食いたい）

そう思ったとき、入側《いりがわ》から声がかかり柄にもなく驚いた。

障子を閉《た》てて、襖を開けた右近《うこん》を見た。

「なんだ？」

「田中孫蔵様がお見えになりました」

宗政は「うむ」と、うなずいたが、孫蔵なら小姓の仲介は不要だと思いつつ丸火鉢の前にどっかり胡坐《あぐら》をかいて座った。

すぐに孫蔵があらわれ、そばにやって来た。宗政は右近に、

「小姓部屋に控えておれ」

と、人払いをした。孫蔵とは畏《かしこ》まった会話はしたくない。

「それでどうなっておる？」

「今朝、知らせがまいったそうだ。平湯庄には変わったことはないと。まあ、この天気だ。賊も家のなかに籠もっておるのだろう」

「三人の騎馬侍のことはわかったのか？」

孫蔵は首を振った。

「何もわからずじまいだ。おそらく逃げた方角から察するに、宇佐美家の家臣だったのではないかという話になっておる」

「賊ではなかったのだな？」

「賊の身なりではなかったので、おそらく宇佐美家の家来と考えられる」

「わしも見ておるが、賊には見えなかったからな。それで、宇佐美家の者はなにゆえ平湯庄に来たのだ？」

「それは先方に聞かねばわからぬこと」

「ま、そうであろう」

「ただ、佐々木一学《いちがく》殿がおっしゃるには、宇佐美家は平湯庄をほしがっているのではないかと……。宇佐美家は譜代ではあるが、三万石の小藩。実高は一万石あるかないからしい。昔のことはよくわからぬが、平湯庄は荒れた土地だった。その土地が当家に譲られて豊かな土地に様変わりした。それに、平湯庄は当家より奥平藩の城下からのほうが近い。宇佐美家に返してもらいたいという願望があっても、おかしくはないとおっしゃる。もっとも一学殿の推量の域を出ておらぬのではあるが、うなずけるものはある」

「さような話は、以前にも一学から聞いておる」

　宗政は佐々木一学の聡明《そうめい》な顔を思い浮かべる。色白の細面《ほそおもて》ですらりとした家老だ。歳《とし》は孫蔵と三つしか変わらぬが、何事においても思慮深い切れ者で、先見の明がある。大雑把な宗政と正反対の人物だ。

「されど無理な話だ」

　宗政は一学の推測を一蹴するように言った。

「たしかに無理だ。さりながら一学殿はおっしゃる。将監《しょうげん》殿がもし、さような望みをお持ちなら談判の場を設けるのが筋ではあるが、当家が首を縦に振らぬのは火を見るより明らか。となれば、別の手立てを考えるのではないかと一学殿はおっしゃる」

「別の手立てとはなんぞや？」

「それは平湯庄にあらわれた賊だ。あの賊は、将監殿の差し金ではないかとおっしゃるのだ」

「そんなことをして宇佐美将監殿に何の得がある？」

「そこよ辰之助《たつのすけ》、おれも一学殿に言われて考えたのだ。平湯庄で大きな騒ぎが起これば、一揆《いっき》か領民たちの蜂起と見られるかもしれぬ。つまり、椿山藩本郷家は治国がなっていないと見なされる。そうなれば話は違ってくる。相手は譜代大名家である」

「賊の襲撃は将監殿の企てだと言うのか」

宗政は真顔になって孫蔵を眺める。

「あってもおかしくはないと一学殿はおっしゃる」

宗政は火鉢のなかで揺らめく小さな炎を見つめ、さっと顔をあげ、

「懸念に及ばず！」

と、いきなり声を張ったので、孫蔵は驚いてのけぞるように身を引いた。

「何があろうと堂々としておればよいのだ。ただし、平湯庄の警固は緩めるな。年が明けたらもう一度様子を見に行く」

「あ、それは……」

孫蔵は今度は、這《は》うように身を近づけてきた。

「また百姓に化けると言うのではなかろうな。おれはあのとき、ずいぶん苦労をしたのだ。やれ、殿はどこにおられる？　いずこへおいでになったと聞かれ、方便をつくのにあたふたしたのだ。もうやめてくれ」

「ま、今度も苦労をしてくれ」

宗政がやんわり笑うと、孫蔵はげんなりした顔になった。

五

「すぐに会う。書院に通せ」

安綱は山奉行の原崎惣左衛門が戻ってきたと知らされ、期待に胸をふくらませた。知らせに来た小姓が去ると、大廊下にいた安綱は衣擦《きぬず》れの音を忙《せわ》しく立てながら御殿奥にある書院に戻った。

御座所に座ると脇息にもたれ、見慣れている花鳥風月の描かれた金襖や天井に視線をめぐらせた。絵は絢爛《けんらん》で金銀がふんだんに使われている。

(金がなくとも銀でもよい)

胸中でつぶやき、惣左衛門の吉報を期待しながらも、あまりあてにしておれば期待外れのとき落胆が大きいので、ここは平静を保つべきだとおのれを戒める。

大きな金の鉱脈が出た夢を、ここ数日の間に見ている。正夢《まさゆめ》であってくれと、翌朝は祈るような気持ちでいた。

入側の襖は開け放しているので近づいてくる足音が聞こえた。一度咳払《せきばら》いをしたとき、書院前に惣左衛門が跪《ひざまず》いた。

「ただいま仙間山より帰参いたしました」

「苦しゅうない。入れ」

うながすと、惣左衛門は膝行してきた。山から戻ったばかりらしく、野袴に野羽織のままだった。月代《さかやき》も無精ひげも伸びている。

「それでいかがした？　蔓は見つかったか？　もそっと近《ちこ》う」

惣左衛門は少しだけだが、にじり寄ってきた。

「山師の石崎梅蔵《いしざきうめぞう》と、梅蔵が連れてきた掘り師によくよく調べてもらいましたが、いまだはっきりいたしませぬ」

安綱は眉宇をひそめた。

「はっきりせぬとは……」

「たしかに金はありますが、果たして大きな蔓なのかそうでないのかは、さらに掘り調べる必要があると申します」

「小さな蔓はあるのか？」

「あるかもしれませぬ。ひょっとすると思いの外大きな蔓かもしれぬと、梅蔵らは申します」

安綱は涼しい目をくわっと見開いた。

「あるかないか、それはいつはっきりいたす？」

「あと一月か二月はかかると申します。されど、これからは雪の季節。雪が積もれば山に入るのはむずかしくなります。つぎの調べは雪解けを待たなければなりませぬ」

「すると……」

「早くて三月になるかと……」

安綱は考えた。来年は江戸参勤がある。年明けとともに、その準備にかからなければならない。調べが一月二月延び、あげく蔓はなかったという結果になれば、いたずらに期待をしただけで終わる。

安綱はうーんとうなった。

「殿、それまでお待ちいただくしかありませぬ。蔓があるかもしれぬ場所は、高野《たかの》川《がわ》の源あたりでございます。つまり、雪深くなる山の中腹より上になりますゆえ、これよりの調べはいささか難しゅうございまする」

高野川は北にある仙間山の源から蛇行しながら流れ、城下の東で絹川に合流する。仙間山はさほど高くはないが、もともと奥平藩は標高の高いところにあるので、冬の間は雪に閉ざされる。

「掘り師らにも無理であるか?」

「彼《か》の者らはそう申します」

金の鉱脈があるかどうかは、掘り師に頼るしかない。ここで安綱が無理強いをしても、自然に抗《あらが》うことはできない。

「ならば待つしかないか」

「畏《おそ》れながら……」

「うむ、大儀であった」

惣左衛門が退出し、ひとりになった安綱はしばらく沈思黙考した。

金山のことはしばらく待つしかない。しかし、待ってばかりでは埒《らち》があかない。

借金だらけの国を立て直すための、よき手段を考えなければならない。

真っ先に浮かんでくるのは平湯庄である。他に方策はないだろうかと考えるが、もはや行き詰まっている。

ここはあてにできぬ重臣らの知恵を借りるのも一手かもしれぬと思った。

「誰かおらぬか」

安綱が声を張ると、廊下からすぐに返事があった。小姓の小平太だとわかる。

そっと入側の襖が開けられ、小平太が顔をのぞかせた。

「評定《ひょうじょう》を開く。その旨、伝えてまいれ」

「評定はすぐにでございまするか？」

「急ぐ」

六

奥平藩宇佐美家で評定の場が持たれようとしているちょうどその頃、椿山藩本郷家では藩重臣らを集めた評定が行われていた。

本丸御殿松之間には、藩主の宗政をはじめ、筆頭家老の鈴木重全、佐々木一学、田中外記《げき》、鈴木多聞《たもん》、そして末席家老の田中孫蔵が顔を揃《そろ》えていた。

評定の主導権をにぎっているのは重全だった。さっきから道普請の段取りについて長広舌をふるっている。

宗政は欠伸《あくび》を噛《か》み殺し、軽く尻を浮かしてぷすっと、屁《へ》をこいた。それから集まっている家老らの顔を順々に眺める。

田中に佐々木に鈴木。しかも田中と鈴木はそれぞれ二人いる。この国の者はありふれた姓ばかりだ。家来然《しか》りである。名前を覚えるのに往生する。

宗政はてんで関係ないことをぼんやり考えながら、間断なく動く重全の口を眺めた。

「殿……」

いきなりその重全に呼ばれて、宗政はびくっとした。

「なんだ？」

「道普請はさように計らっておりまするが、よろしゅうございまするか？」

「よい」

ほとんど頭に入っていないが、そう答える。

「では、橋普請でございます。殿は石橋をと、なかなかの妙案をお出しになりましたが、有能な石工が見つかりませぬゆえ、木橋にしたく存じますが、これまでより頑丈な橋に拵《こしら》える算段をいたしております」

「頑丈な橋と申されますが、どのように頑丈になさるのです。夏の大水の勢いは尋常ではありませぬ。何度も同じ橋を付け替えてきた経緯があるので、是非とも伺わせてください」

注文をつけたのは佐々木一学だった。

「使う木材をまずは変えまする。大きなものにし、川底に深く打ち込み……」

重全は説明をつづける。

宗政は話の途中から他のことを考えた。この広間はうすら寒い。火鉢もまして手《て》焙《あぶ》りもない。よくぞ、こんな寒いところで長々と話をするものだとあきれる。外には木枯らしが吹いているのだ。ときどき、強く吹く風の音が聞こえる。

そのうち橋普請の話は終わり、平湯庄の問題が取り沙汰された。

「宇佐美家に賊のことについて相談をしてあるが、その後何の沙汰もないというではないか。孫蔵、いったいどうなっておるのだ」

孫蔵に顔を向けたのは、重役連のなかでもっとも口うるさい鈴木多聞だった。

「はは、そろそろ返事があってもよい頃だと思っていまするが、催促するのはいかがなものかと考えているところです。宇佐美家のほうで必死の探索をしているのであれば、いたずらに水を差すことになり、臍《へそ》を曲げられては困ります」

「そうは申しても、もう二月はたっているであろう」

「たしかにそうでございまするが、当方から相談した手前、せっつくのは憚《はばか》られます」

「せっつくことにはならぬだろう。もう二月が過ぎておるのだ。どのような仕儀になっているか、伺いを立てることは無礼にはならぬはずだ」

多聞は光る小さな目を孫蔵に向ける。その目と同じように後頭部に小さな髷がちょこなんと結ってある。

「先だって平湯庄に賊ではなく、三人の騎馬侍があらわれたと聞いた。その三人は宇佐美家の家来だったかもしれぬ。そう考えることもできるのではなかろうか」

口を開いたのは佐々木一学だった。色白の細面のなかにある思慮深い目を、孫蔵と多聞に向け言葉をついだ。

「もし、そうであったならば、賊を捜すついでに平湯庄に足を延ばしたのではなかろうか」

　宗政はきらっと目を光らせ一学を見ると、口を挟んだ。

「いや、それは考えられぬ。もし、そうであったならば、三人の騎馬は逃げることはなかった。かくかくしかじかのわけあって、平湯庄の様子を見に来たと話せばすむこと。警固の足軽らが追うたら逃げたのだ」

　宗政は自分の目で見ているので確信ありげに言ったが、ちらりと孫蔵の視線を感じた。そちらを見ると、孫蔵が首を横に振り、目で話しかけてきた。宗政はすぐに悟り、

「と、さように聞いておる」

　と、付け足した。

「たしかにそう言われると、おかしなものだ。すると、その三人の騎馬は何をしに来たのであろうか？」

　多聞は疑問を口にする。答えるのは一学だった。

「賊でなかったとしたら、平湯庄の様子を見に来たのはたしかなことでございましょう。他に用はないはずです。であれば、何のために来たかということです。これまでも宇佐美家の動きに不審はあります。この夏にも宇佐美家の家来らしき者たち

が平湯庄にあらわれたのは、ご存じのはず。やはり、宇佐美家は平湯庄をほしがっているると考えられます」

「ほしいとか、もとに復してもらいたいと考えておれば、筋を通しての用談があって然るべきだ。さようなことは一切ない」

「いえ、多聞殿。宇佐美家は平湯庄を返してくれという相談をしても、無駄だと承知しているはずです。むろん、当家としてもそんな相談は即刻撥《は》ねつけます。殿、さようでございましょう」

一学が怜悧《れいり》な目を向けてきた。宗政は「うむ」と、力強くうなずく。

「であれば、他の手立てを使うと考えられます」

一学はそう言って、以前、孫蔵を介して宗政が聞いた話をした。

「すると、賊と宇佐美将監殿が手を組んでいることになる。そう申すか？」

多聞は一学をにらむように見る。

「あくまでも推量でございます」

「一学、下手なことは口にせぬことだ。まかり間違って将監殿の耳に入ったら一大事であるぞ。将監殿は譜代大名。幕府重役の座につかれるやもしれぬお方だ」

多聞に諭された一学は口を閉じた。

「平湯庄にはその後賊のあらわれる気配はない。役所を作ったので警固の堅さを知り、手を出せずにいるのかもしれぬ。あるいはもうやり尽くしたと思い、あらわれぬのかもしれぬ」

「ならば、詰めている足軽らの数を減らしてもよいのでは……」

それまで黙っていた田中外記だった。

「いや減らしてはならぬ」

宗政は一蹴した。

「いまここで手綱を緩めれば、賊の思う壺《つぼ》かもしれぬ。二度と平湯庄に害を及ぼされてはかなわぬ。考えてみよ。何人の百姓子供が殺された。わしの家来も二十二人殺されておるのだ」

「二十三人です。田中亀之助《かめのすけ》という村横目は先に殺されています」

孫蔵だった。

「うむ、そうであった。そのことは決して忘れぬ。忘れてはならぬ。わしはときどき、平湯庄の見廻りに行きたい。いや、行く」

宗政は断言した。目の前に居並ぶ家老たちは、互いの顔を見合わせた。

「止めても行くと決めておる」

宗政はそう言ってから、本日の評定はこれまでだと言ってお開きを告げた。

七

安綱が御殿広間に主だった家老らを集めたのは、日が暮れかかった時分だった。すでに多くの家臣は下城しているので、普段から静かな城が一段と深い静寂に包まれていた。それでも表を吹きわたる風の音が聞こえてくる。

百目蠟燭《ひやくめろうそく》が広間の要所要所に置かれて明るいが、畳の下からしんしんとした冷たさが伝わってくる。

一段高い位置にいる安綱は、敷物に座っているのでその冷たさはわからない。

安綱は顔を揃えた重臣らをひと眺めした。

鮫島佐渡守軍兵衛《さめじまさどのかみぐんべえ》、妹尾与左衛門《せのおよざえもん》、池畑能登守庄兵衛《いけはたのとのかみしようべえ》、西藤左門《さいとうさもん》、そして用人《ようにん》の栗原平助《くりはらへいすけ》だった。国許の家老は現在、用人の平助を除く四人のみである。

しかし、古参家老の池畑能登守庄兵衛は頭数でしかない。早々に隠居してもらう年寄りで、これからの用談にはいらぬ男だが、安綱はあえて呼んでいた。

「早いもので、年が明くれば江戸参勤の支度にかからなければならぬ」

安綱は前置きもせず用件に入ることにした。

「さりながらくさぐさの問題は何ひとつ片付いておらぬ。借金、年貢、城下の普請、川船の整備、その他諸々《もろもろ》ある」

厳しい顔つきで言う安綱に、一同はしーんと口を閉ざし視線を落とす。

「まあ、些事《さじ》は除き、いかにしてこの国を富ませるかということが何よりの問題。そのほうらの知恵を頼りにしておったが、ほどよき話は浮かんでこぬ。何もせずのうのうと過ごしているうちに江戸参勤だ。このままではいかぬ。予ひとりでやきもきしても何もはじまらぬ。何かよい知恵があるなら申してみよ。予はそのことをまずもって聞きたい」

安綱は一同を眺める。古参家老の庄兵衛は眠そうな顔をしている。こやつには何の期待もせぬ。

軍兵衛はむんと口を引き結んでいるが、こやつは自分の右腕だと決めているので黙認。

頭髪が薄くなっている小柄な妹尾与左衛門は、若い頃武功をあげた猛者《もさ》だが、政《まつりごと》への知恵はまわらぬから期待はしない。

ならば、西藤左門はどうかというと、筋骨逞《たくま》しい荒武者のような男だが、やはり政向きではない。ならば用人の栗原平助が頼りなのかとのっぺり顔を眺めた。

「殿、土地を拓《ひら》くのです」

口を開いたのは、意外や妹尾与左衛門だった。

「土地を拓く……。どこにそんな土地があると申す」

「あります」

与左衛門ははっきり答えた。安綱は眉を動かし、目をみはってしみだらけの与左衛門の顔を眺めた。右頬に古い刀傷がある。

「刈谷《かりや》村の東にある雑木林の台地です。あのあたりは野ざらしになって百姓らは見捨てていますが、それがしの見立てどおりなら、日当たりもよく高野川の水を使えますし、よい土地になりましょう」

刈谷村は小さな寒村だ。そんな村の台地を切り拓くのは容易ではない。だが、与左衛門は言葉をつぐ。

「椿山本郷家が平湯庄を切り拓いたように、当家もあの地を切り拓き豊かにできるはずです」

「その土地の広さはいかほどある？」

「刈谷村の半分はございましょう」

一村の半分。さほどの土地ではないが、放っておく手はない。

「稲が育つであろうか」

「土地を拓けば稲も他の作物も十分に穫《と》れるでしょう。この国にはさような土地がいくつかあります。それらの土地を拓けば、かなりの収穫が見込めるはずです」

なるほど、たしかに理にかなった話だ。

「さような土地の検分にはかなりの日数を要します」

口を挟んだのは西藤左門だった。つづけて言う。

「これまでも土地の検分はやっていますが、開墾できる土地は少のうございます。刈谷村のことは存じておりませぬが、はていかがなものでございましょう」

「左門、端《はな》から無理だと決めつけることはなかろう。もう一度領国を見直し、開墾できる土地があるかどうか調べるのは無駄にはならぬはずだ」

与左衛門は左門に言葉を返した。

「よし、まずは与左衛門の言う刈谷村の台地を検分しよう。さらに、他の領地に拓けそうな土地があるかどうかも調べるのだ。ただ、その土地があったとしても、開墾に長けた者が必要だ。当家に差配できる者がいるだろうか」

安綱はそう言って一同を見た。

「造作ないことです」

また、与左衛門だった。

「椿山本郷家に教えてもらえばすむことです。本郷家は荒れていた平湯庄を開墾した国です。そのことに長じた者が必ずやいます。そうでなくとも、平湯庄の村にはもと当家の百姓も住んでいます。その者に教えを請うてもよいでしょう」

それはできぬと、安綱は首を振った。

宇佐美家は武門の誉れ高い徳川《とくがわ》一門の血筋。譜代大名家である。外様《とざま》の本郷家に頭を下げて教えを請うなどできることではない。

「開墾の差配をできる者は捜せばよい。しかし、土地が見つかったとしても開墾にはいかほどの年月がかかるであろうか。三月や半年でできることではなかろう」

「いやいや早くても一年、長くても三年はかかりましょう」

安綱はがっかりした。一年先には借金はもっと増えている。まして三年先など気の遠い話だ。だが努力だけは怠るまいと、

「開墾できる土地を調べよ。また、与左衛門の言う刈谷村の検分もやろう。開墾するか否かはそれ次第だ」

と、指図した。

「では、さように計らいましょう」

与左衛門が引き受けた。

「土地の件はひとまず置くが、じつは領国に金山があるかもしれぬ」

安綱の言葉に一同は目をみはった。もっとも軍兵衛と用人の栗原平助は知っているので、さほどの反応は示さない。

「山奉行の原崎惣左衛門に山師と掘り師をつけて調べさせているが、はっきりしたことがわかるには春の終わりを待たねばならぬ」

「どこに金山が？」

池畑能登守庄兵衛だった。眠そうだった目を光らせていた。

「仙間山だ。大きな蔓が見つかればさいわい。借金返済の目処《めど》も立とう。されど、はっきりそうと決まっているわけではない。いずれにせよ山師と掘り師の調べ次第だ」

「いつさような話を……」

「貴公らがのんびりしている間のことだ」

安綱はさらりとかわし、

「他に妙案はないようだから、今宵《こよい》はこれで終わりにするが、国をいかに富ますことができるか、よくよく考えてもらう」

　と言って、すっくと立ちあがったが、

「佐渡、わしの部屋に来てくれ」

と、軍兵衛に言って広間を出た。

安綱が書院に戻るなり、間を置かず軍兵衛がやって来た。

「何かご用でござりましょうか」

「もそっと近うに」

　軍兵衛がいざり寄ってくると、安綱は声を細めた。

「さっきの話は聞いてのとおりだ。土地の開墾もよいが、月日がかかる。金山もよいが、見つかるかどうかわからぬ。予は平湯庄を取り戻すのが、もっともよい考えだと思う。そうは言っても、今日明日にかなうことではない。つぎの参勤で江戸に入ったら、平湯庄を当家に返してもらうべくご老中らにはたらきかける」

「…………」

　軍兵衛は息を呑《の》んだ顔で聞く。

「そのためには本郷家に粗相がなければならぬ。年が明けたらその粗相を作る」

「と、おっしゃいますと……」

「もう一度、助五郎らにはたらいてもらう。ただしそのときは、予も山賊に化けて供をする」

「殿御《おん》自ら……」

軍兵衛が凝然と目をみはれば、安綱は深くうなずいた。

第五章　下郷陣屋

一

暮れも押し迫った師走《しわす》の中頃のことであった。

宗政《むねまさ》が火鉢の傍らで鼾《いびき》をかきながら昼寝をしていると、入側《いりがわ》から声がかかった。

「殿、殿、お邪魔してよろしゅうございますするか？」

畏《かしこ》まった声は孫蔵《まごぞう》であった。

宗政は半身を起こし、目をこすりながら、遠慮はいらぬ入れと声を返した。

すぐに襖《ふすま》が開かれ孫蔵が膝行《しっこう》してきた。表に小姓《こしょう》の春《はる》之丞《のじょう》と右近《うこん》が控えているのが見えた。

「何だ？」

宗政はだらしなく羽織をそばに脱いで、小袖をまくりあげ、毛臑《けずね》をあらわにしていた。

「殿、身仕舞いを……」

孫蔵はしかめ面《つら》で諫言《かんげん》する。

「誰もおらぬ。わしの勝手だ。このほうが楽なのだ」

「しかし、あまりにも……」

孫蔵は言っても無駄と思ったのか口を閉じた。

「何の用だ？」

「宇佐美《うさみ》家からようやく返事がまいりました。賊のことです」

「ほう、捕まえたか……」

「いえ、宇佐美家では当方の言い分に従い、領内の探索をくまなく行ったそうですが、ま、これをご覧くださりませ」

孫蔵は説明するのが面倒になったらしく、宇佐美家から届いた書状を差し出した。

宗政は受け取ってざっと読んだ。

要するに賊は奥平《おくだいら》藩のどこにもいないということであった。

「宇佐美家の領内にはいなかった。されば、賊はどこに消えたのだ？」

宗政は書状をまるめて孫蔵に返した。

「さあ、それはわかりませぬ。奥平藩を通り抜けて遠くへ行ったのかもしれませぬ。八幡《はちまん》街道に関所はありませんから通行は自由にできます。賊が平湯庄《ひらゆしょう》を襲った足で、隣藩の平野《ひらの》家領内、あるいは竹沼《たけぬま》家領内へ逃げたのかもしれませぬ」

平野家は奥平藩の南方にある今川《いまがわ》藩で、竹沼家は奥平藩の北にある白羽《しらばね》藩だった。

「奥平藩に賊がいないとなれば、向後《こうご》平湯庄が襲われる心配はないということになるか」

「さようになるかと。この時季は天候が悪うございます。雪も降ったりやんだりで、街道は雪道になっています」

「それでどうするというのだ？」

宗政は目を厳しくして問うた。

「下郷《しもごう》陣屋には四十人ほどの徒《かち》が詰めています。賊が来ないとなれば、半分の者を引きあげさせてもよいと思うのです。他のご家老たちもそれがよいだろうとおっしゃっておられます」

平湯庄下郷村に作った役所は、いつしか「下郷陣屋」と呼ばれるようになっていた。

「引きあげさせると申すか……」

宗政は宙の一点を見据えて考えた。こういったときにはよく勘がはたらくのだ。

「ならぬ。そのまま詰めさせておけ。年が明ければ、雪解けも間近。賊はそのときを狙うかもしれぬ」

「そうおっしゃっても、賊は宇佐美家の領内にいないのです。もし、賊が奥平藩を通るようなことがあれば、当家に知らせると言っておるのです」

たしかにそんなことが書状に書き添えられていた。

「孫、重臣らを松之間《まつのま》に集めろ。下郷陣屋をどうするか話し合う。すぐにだ」

いつになく真剣な顔で命じた宗政に、孫蔵は「御意」と、返答して下がった。

（あやつ、何故《なにゆえ》、下郷陣屋に拘《こだわ》っておるのだ。まさか、またあの地で百姓仕事でもしたいのか……）

家老詰所に向かう孫蔵は、宗政の腹のうちが読めなかった。だが、主人からの下知《げち》であるから、詰所に戻ると家老たちに松之間に集まるように伝えた。

それから小半刻《こはんとき》（約三〇分）後、藩重臣らは宗政の前に雁首《がんくび》を揃《そろ》えた。

「何か火急の御用談でもありましょうか？」

先に口を開いたのは、筆頭家老の鈴木重全《じゅうぜん》だった。

「うむ。孫蔵に宇佐美家から届いた書状を見せてもらった。宇佐美家領内に賊はいなかったそうだ。賊は平湯庄を襲ったあと、奥平藩を通り抜け他国へ逃げたかもしれぬという話だ。また、もし奥平藩内を賊らしき不審な者たちが通れば、当家に知らせるということであった」

いつになく真面目《まじめ》顔で話す宗政を、孫蔵は静かに眺めているが、こういうときは大名らしき風格があると勝手に感心する。宗政はつづける。

「そこもとらは下郷陣屋に詰めている家来の半分を引きあげさせたらよかろうと、さように考えているようであるな」

「賊はあれ以来あらわれませぬし、いたずらに徒衆を陣屋に詰めさせるのは無駄でございましょう。それに天気もよくありませぬ。賊もこの寒い時季に、まして雪の積もる日には出ますまい。正月も間近ですし、城に戻しても差し支えないかと思いまするが……」

重全は同意を求めるように、他の家老らの顔を眺めた。

「わたしも重全殿と同じ考えでございまする。下郷陣屋に徒衆がおれば、村の者はそれだけで安心でございましょうが、村の者に迷惑をかけてもいます」

そう言ったのは鈴木多聞《たもん》だった。

「迷惑を……」

宗政は眉宇をひそめ首をかしげ、どういうことだと、問い返した。

「村の者は陣屋に食べ物を運び、女たちは自分の家のことを放ってこまめに世話をしています。亭主らも気を遣っているらしく、小間使いをしていると申します」

「さようなことは聞いておらぬ」

宗政が言うように、孫蔵も初耳だった。

「何も起こらぬ村に徒衆が居坐《いすわ》れば、村の者たちに負担をかけます。ここは半分に減らしてもよいのではないでしょうか」

宗政は黙り込んで、多聞から佐々木一学《いちがく》に視線を向けた。

孫蔵も一学を見た。藩内きっての切れ者で、知恵巧者だ。大雑把な宗政と違い、思慮深い男であるし、すらりとした体つきと色白の細面《ほそおもて》を見るたびに、孫蔵は「いい男ぶりだな」と、羨望の眼差《まなざ》しを向けている。

「一学、そなたはどう考える」

宗政に問われた一学は即答を控え、短い間を置いて答えた。

「多聞殿は詰めている徒衆が、村の者に迷惑をかけているようなことを口にされましたが、村の者が進んで世話をしているのであれば、さほど気にすることではないと思いまする。それより、賊への警戒を解くのはいささか早い気がいたします。せめて半年ぐらいは様子を見るべきかと。竈《かまど》の火を消し忘れるという用心を怠ったばかりに、火事になることもあります」

孫蔵はなるほどうまいことを言うと感心して、一学を眺める。

「わしも一学と同じ考えだ。多聞、重全、いましばらく陣屋はそのままにしておく。外記《げき》、孫蔵、何か意見あるか？」

宗政は田中外記から孫蔵に視線を向けてきた。

外記が一学の考えでよいと答えれば、孫蔵も異論はないと答えた。

「わしは年が明けたら下郷陣屋へ陣中見舞いにまいる」

宗政はそう言うなり立ちあがった。孫蔵は膝許《ひざもと》を見て、やはり何か魂胆があるなと宗政の胸中を推し量った。先に断っておけば大義名分が立つからだ。

（しかし、何を考えておるのだ……）

孫蔵はときどき宗政のことがわからなくなる。

二

「どこへ行っていたんだ？」

助五郎《すけごろう》が冷たい小川からあがったところで声がかかった。見あげると、窟《いわや》の外に吾市《ごいち》が立っていた。焚《た》き火《び》をしているらしく、窟のなかから煙が這《は》い出ていた。

助五郎は濡《ぬ》れた草鞋《わらじ》を脱いで、そのまま藪《やぶ》のなかに放り、窟のなかに入って焚き火にあたった。

「この頃その川の上に行ったり来たりしているだろう。何をしてるんだ？」

吾市は助五郎の前に座って、とがった顎をさすりながらぎょろついた目を向けてくる。

「仕掛けを見に行ってるだけだ」

助五郎は吾市の視線を外して言った。

魚を捕る仕掛けをしているのはほんとうだった。だが、真の狙いは源助《げんすけ》が今際《いまわ》の際に教えてくれた砂金だった。

しかし、いまだ見つけられずにいた。もし、相応の砂金があるなら、宇佐美家に召し抱えてもらうのはやめようと考えているのだ。

たしかに源助が言ったように身分の高い者たちに媚《こ》びへつらって生きるよりは、この里で自由気ままに暮らすのが楽だ。砂金が大量にあれば、高値で売り捌《さば》くことができる。熊の胆《い》もいい値がつくが、ふんだんには作ることができない。

しかし、砂金は見つけられないままだった。

「この時季は魚も少ないだろ」

「そんなことはねえさ。ウグイは結構いるし、鮒《ふな》や鯉《こい》もいる。何してんだ？」

助五郎は吾市を眺めた。

「六蔵《ろくぞう》が代わってくれって言うからそうしてんだよ」

二人がいる窟は集落と八幡街道のなかほどにあった。宇佐美家から頼まれた〃仕事〃をやるようになってから、この窟に見張りを置くことにしていた。使いの米原《よねはら》銑十郎《せんじゆうろう》が来ると、窟で話すことが多い。

「今日は六蔵の番だったか。やつはどうかしたのか？」

「わからねえけど、腹を壊して具合が悪いようだ。腐った肉でも食ったんだろう。それで、魚は一匹も獲《と》れなかったんだ」

吾市はまた話を戻した。

「仕掛けが甘いんだろう。冬場は魚が少ねえから仕方ねえさ」

「ご苦労なことだ」

話が途切れると、吾市は枯れ枝を焚き火にくべた。ぱちぱちと小枝が爆《は》ぜ、煙が風に流される。

「米原さんはしばらく来ねえがどうなってんだ。おれたちを召し抱えてくれるって話はどうなってんだ？」

「おれも気になってんだ。米原殿が来たら、聞いてみようと思ってんだが……」

助五郎は懐に入れていた干し柿を取り出して齧《かじ》った。

「聞いてくれよ。おれはもうこんな山ん中で暮らすのはいやだ」

助五郎はそう言う吾市をじっと見た。

「仕官できるって話、他のやつには言ってねえだろうな」

「言ってねえよ。知っているのはおれと六蔵たちだけだろう」

たしかに仕官の話を知っているのは数人だけだった。口の軽そうな仲間には打ち明けていない。

知っているのは吾市の他に、六蔵、伊助《いすけ》、十郎《じゅうろう》、佐吉《さきち》、小四郎《こしろう》の六人だけだ。

だが、百石で召し抱えると宇佐美安綱《やすつな》が言ったことは教えていなかった。

その話は助五郎だけで、他の仲間が百石の禄《ろく》をもらえるかどうかはわからない。そのことについてはもう一度、宇佐美安綱と話をしなければならない。

「もう正月だな。それとも過ぎてんのかな？」

吾市は急に話題を変えて、林の向こうに広がる暗い空を見た。立神《たてがみ》の里《さと》には暦がない。だから、いまが何月何日なのかはわからなかった。

「年が明けるか、明けたぐらいだろう。町に行けば様子でわかるが、しばらく行ってねえからな」

「助五郎さん、明日あたり気晴らしに行ってみるか」

「たまには悪くねえな」

助五郎は砂金探しに疲れていたのでその気になった。

「城下に行って飯盛りでも買うか」

吾市はそう言ってにたついたが、すぐに顔を引き締め、一方をにらむように見た。

「どうした？」

「誰か来る」

助五郎は吾市の視線を追った。山道の下から登ってくる人影があった。その姿が木々の間に見え隠れしていた。侍だ。それも三人。

「米原さんだ」

吾市がそう言う前に助五郎も気づいていた。

助五郎はそのまま窟の表に出て、八幡街道に下りていく山道に出た。米原銑十郎が気づいて立ち止まった。いつものように小者を二人連れていた。

「米原殿、久しぶりではありませんか。沙汰がないのでどうしているのかと思っていたんです」

助五郎が声をかけると銑十郎はゆっくりやってきた。少し息を切らしていた。

「いろいろとやらねばならぬことがあってな。変わりはなさそうだな」

銑十郎は助五郎と吾市に目をやって言った。

「変わりはねえですが、爺《じい》さんが死んだんでしばらくおとなしくしてました」

「爺さん……？」

銑十郎は怪訝《けげん》そうな顔をした。

「この里の長老です。源助っていう爺さんでしたが、もう七十の半ばを過ぎようという歳《とし》でしたから……」

「それはご愁傷様でござった」

「また仕事ですか？　仕事なら請けますが、その前に聞きてぇことがあるんです」

助五郎はそう言って銑十郎を窟に案内し、木の腰掛けを勧め、自分も他の腰掛けに座った。吾市もそばに座る。

「聞きたいこととは何であろう?」

銑十郎が細い吊《つ》り目を向けてくる。

「おれは殿様に言われたんです。召し抱えると。それがいつになるか、はっきりしたことを知りてぇんです。それと、おれの他に何人召し抱えてもらえるかそれも知りてぇ」

「この前も同じことを申したな。それは殿に伝えてある。さりながら、いますぐというわけにはまいらぬのだ。家中にくさぐさの問題があってな。それが片付いたあとだ。決して待ちぼうけを食わせているわけではない。殿はおっしゃったことは必ず守られる」

助五郎は百石の禄をもらえるはずだが、そのこともたしかめたかった。しかし、そばに吾市がいるので口に出すのをやめ、

「今日は何です?」

と、訪問の意図を訊《たず》ねた。

「もう一度平湯庄で仕事をしてもらう」

助五郎は太い眉をぴくっと動かした。

「いつです？」

「年明けになる。日が決まればまた知らせに来るが、そのつもりでいてくれ。また、此度《こたび》は殿もおぬしらといっしょにはたらかれる」

「殿様が……」

助五郎は目をみはって吾市と顔を見交わした。

「さよう。その折にはおぬしらと同じ身なりをしたいとおっしゃる。ついては毛皮の羽織が入り用だ。余っている皮羽織はないだろうか？」

「羽織なら幾枚かあります」

「何枚ある？」

「さあ、十枚あるかないかだと思いますが……」

「十分だ。平湯庄に行く前に、その皮羽織を買い取る。一枚一両で譲ってくれるか？」

「そういうことでしたらお安い御用で」

「では頼んだ。それから下賜の品がある」

鉄十郎が連れてきた小者に顔を向けると、二人の小者が抱え持っていた風呂敷を差し出した。見ていいかと訊ねると、かまわないと銑十郎が答えたので、二つの風呂敷を開いた。

脇差《わきざし》一振りと黒足袋《くろたび》三十足、手拭い五十本が入っていた。

「脇差は殿からおぬしへの贈り物だ」

「こりゃすごい」

脇差は鮫皮《さめがわ》で鍔《つば》の意匠も凝っていた。鞘《さや》は黒塗りで鮮やかな朱色の下緒《さげお》がついていた。鞘はぴかぴかと黒光りしている。吾市が羨ましそうなため息を漏らした。

「年明けの仕事、しかと頼んだ。請けてくれるな」

「へえ」

助五郎は脇差に見惚《みと》れるあまり安請け合いした。

「では、頼んだ。また年明けにまいる」

「あ、ちょっと」

助五郎は慌てて銑十郎を呼び止めた。

「年明けっていつです?」

「三日で年が明ける。松の内が明けた八日にまいる」

銑十郎はそれだけを言うと、小者を連れて山を下りていった。それを見送った助

五郎は、

「三日で正月だ」

と、吾市を見た。

三

慶安《けいあん》三年（一六五〇）――

年賀の行事をこなした宗政は、松の内が明けた八日、昨年宣言したとおり平湯庄に出立した。供は腹心の孫蔵と、馬廻《うままわ》り組組頭《くみがしら》鈴木半太夫《はんだゆう》以下、馬廻り衆と徒侍三十人であった。

天気晴朗で寒気が少し緩み、空気が澄んでいた。馬上の宗政は広がる田園風景に目を細めた。早くも野良仕事をはじめている百姓の姿があった。麦踏みをしているのだ。

椿山《つばきやま》藩は水に恵まれているが、農地の半分は二毛作が可能だった。もっとも水はけのよい土地にかぎってのことで、一年に米と麦を生産することができた。

「よい天気だ」

宗政は馬に揺られながら空を眺めて、思いっきり空気を吸った。気分は上々であるが、残念なのはおたけを連れてこられなかったことだ。それは、孫蔵が断固として止めたからであった。

「殿、此度の平湯庄行きは、下郷陣屋に詰めている者たちの慰労でございましょう。遊山ではございませぬ」

他の家老たちの前で強く諫言されたので、言い返すことができなかった。

（あいつも堅いことをぬかしやがる）

胸中で吐き捨て、しんがりの馬に乗っている孫蔵をちらりと振り返った。

その日の夕刻、宗政一行はどっこい坂の麓にある岡《おか》村で一泊し、翌朝平湯庄に入った。

下郷陣屋では、先乗りしていた郡《こおり》奉行の田中三右衛門《みつえもん》と目付頭の小林半蔵《はんぞう》が出迎えてくれた。詰めている徒衆は陣屋前の庭に居並び藩主の到着を歓迎した。

「皆々の者ご苦労である。変わりはないか？」

宗政は新年の挨拶を短く述べたあとで、徒衆をゆっくり眺めた。

「昨年より、変わったことはございません。殿におかれましてはお達者そうで何よりでございます」

徒頭が挨拶を返してきた。

「変わりがないのは何よりだ。そのほうらは正月もなかったであろうから、今宵《こよい》は酒でも飲んで体を休めるがよい」

宗政の合図で持参の酒樽《さかだる》が陣屋に運び込まれた。

その後、宗政は先乗りしていた田中三右衛門から村の様子を聞き、賊の出る気配のないことを知らされた。

「もう賊は来ないか……」

「あらわれたら困ります。昨年のようなことはご免蒙《こうむ》りたいものでございます」

「いかにもそうであろうが、油断しているところを衝《つ》かれたら目もあてられぬ」

宗政と三右衛門は陣屋の縁側で茶を飲みながら話をしていた。

「殿、さようにおっしゃいますが、賊らしき不審な者らが奥平藩領にあらわれたら、真っ先に当家に知らせが来ることになっておるのです」

孫蔵が口を挟んできた。

「宇佐美家はさように言っているようだが、周到な賊を見過ごすこともあろう」

「それはいかがなものでしょう……」

「ま、いましばらくは警固を緩めるべきではなかろう。一学らには何度も同じことを聞かされている」

「同じこととは……？」

三右衛門が訝《いぶか》しげな顔をする。

「一学もそうだが、多聞も同じことを言うのだ。宇佐美家は平湯庄を取り返したい肚《はら》ではないかとな」

「ご家老らがさようなことを……」

三右衛門は目をしばたたく。

「万にひとつ、この平湯庄を返してくれと頼まれても、乗れる相談ではない。そうであろう」

「もっともでございまする」

「されど、一学様はこの地を襲った賊は、宇佐美家の差し金だったかもしれぬとおっしゃる」

孫蔵だった。

「何故さようなことを……」

三右衛門は首をかしげて孫蔵を見た。

「この地で大きな騒ぎが起きれば、それは一揆《いっき》か領民の蜂起と取られかねない。そうなると、椿山藩を治める殿の責任を問われ、領地召しあげ、悪くすれば国替えあるいはお家取り潰しになるやもしれぬ。一学様も多聞様もそのことを懸念されている」

孫蔵はそう言ったあとで、ここ数年のうちに常陸府中《ひたちふちゅう》藩・信濃埴科《しなのはにしな》藩・信濃小諸《こもろ》藩・丹波亀山《たんばかめやま》藩などが断絶になったと付け足した。

宗政は茶を飲みながら聞いていたが、孫蔵がいつどこでそんなことを知ったのかと、驚き顔をした。

「おぬし、いつさようなことを……」

「ご家老らはみな、ご存じでございまする。殿のお耳にも入れてあるはずなのですが……」

孫蔵はそう言って宗政を見る。

その目が聞いていなかったのかと、咎《とが》めていた。

「そうであったか。どれ、村をひと廻りしようではないか。せっかく来たのだ」

宗政は話を打ち切って立ちあがった。

村は平穏であった。もっとも夜襲をかけられ焼失した家の前を通ると胸がちくと痛み、腹の底にじわじわと怒りがわき、殺された家族のことを思うと胸が締めつけられた。

「一家皆殺しにあった者の田や畑はどうなっておる？」

宗政は同行している三右衛門に尋ねる。

「村役らが話し合い、まずは親戚縁者に預けることになっております」

「人手が足りなくなることはないか」

「その辺は百姓らがうまくやりくりするはずです」

宗政は一刻ほどかけて村をまわり、その夜の宿泊所に草鞋を脱いだ。陣屋横にある百姓家で、以前は村横目が赴任していた詰所だ。

「孫、おぬしもここに泊まれ」

宗政は孫蔵に命じた。

「明日は城に戻りますよ。ご存じでしょうね」

「うるさいことを言うやつだ。その心づもりでおるから心配はいらぬ」

どっかりと座敷に腰を下ろした宗政は、給仕をするおてんという女に、

「酒を飲みたい」

と、命じた。

四

平湯庄の襲撃はこれで五度目となる。

闇雲に山賊の助五郎らを動かすことはできない。それには大義名分がなければならない。安綱は考えた。

平湯庄の農民らは本郷《ほんごう》宗政の圧政に苦しめられ、年貢をはじめとした小物成《こものなり》・高掛《たかがかり》物《もの》の税が高いばかりでなく、夫役《ぶやく》も押しつけられている。

百姓のなかにはもと宇佐美家の領民だった者がいて、その者たちは本郷家の百姓たちに虐げられていて、救済を求められた。

「隣藩のことではあるが、放っておけることではない。平湯庄はもとを正せば、当家の領地であったのだ。平湯庄を救うためには立ちあがるしかない」

安綱は助五郎らを前にして一席ぶった。

助五郎らが信用しようがしまいがそれは関係なかった。彼らは安綱にとって動く駒であり、命令に従ってはたらいてくれればよいだけだ。

安綱らがいるのは、念珠坂《ねんじゅざか》の麓にある大西《おおにし》村の外れだった。助五郎は呼び出しに応じ、十八人の仲間を連れてきていた。

揃ったように獣の皮で作った袖なし羽織をつけている。そして安綱も同じような羽織をつけていた。同行している鮫島《さめじま》佐渡守《さどのかみ》軍兵衛《ぐんべえ》も、使者となってはたらいている米原銑十郎も同じような出で立《いでた》ちだった。

そして軍兵衛が連れてきた家来十人がいる。この者たちは、此度の計策は秘して口外しないと誓わせ、そのうえで血判書を書かせていた。

「では、これよりゆっくり平湯庄に向かう。急ぐことはない」

安綱が馬に向かって歩くと、助五郎が追いかけてきた。

「殿様、ひとつ伺わせてください」

「何だ？」

安綱は助五郎を振り返った。

「それがしに殿様は約束された。百石で召し抱えると……それはどうなるのです？　約束は守ってもらえるんですね」

「疑っておるのか」

安綱は助五郎を凝視した。高い鼻梁《びりょう》に大きな口、野禽《やきん》のような目つきだ。無精ひげを生やしているので、見るからに蛮骨である。

「疑っちゃいませんが、いつになるのかと気になっておるんです」

「懸念に及ばず」

助五郎の目にかすかな安堵《あんど》の色が浮かんだ。

「で、召し抱えてもらえるのはそれがしだけでしょうか。できれば何人かの仲間もお願いしたいんですが……」

「それはそちらのはたらき方次第である。さ、まいるぞ」

安綱はそのまま馬にまたがった。

助五郎は仲間のもとに戻ると、案内役として先頭に立った。そのあとに助五郎の仲間がつき、その後ろに安綱らが従った。

「殿、助五郎は何を申したのです？」

軍兵衛が安綱の馬に並んで顔を向けてきた。彼も馬に乗っていた。

「いつ召し抱えるのだと気にしておるのだ。それにあやつの仲間も召し抱えてもらいたいらしい」

「殿は何と？」

「はたらき方次第だと答えておいた」

軍兵衛は納得したようにうなずいた。

安綱は念珠坂をゆっくり上りながら周囲の山を眺めた。木の根方や枝葉には残雪があった。ここ数日天気がよいので雪は解けはじめていた。

「殿、下郷村に建てられた陣屋には五十人ほどの徒侍が詰めています。こちらは身共らを入れて三十二人です。数では劣ります」

軍兵衛は昨年の暮れに間者《かんじゃ》を放ち、平湯庄を探らせていた。安綱も新たな陣屋ができ、賊の襲撃に備えているのは知っていた。

「佐渡、臆しておるのか」

安綱は軍兵衛のいかつい顔を見た。

「臆してはおりませぬが、あの者らにいかほどのはたらきができるかと……」

軍兵衛は先を歩いている助五郎たちを見た。

「佐渡、これまであやつらは言うとおりのはたらきをしておる」

「そうでしょうが、下郷陣屋に詰めている徒衆らは、腕に覚えのある者ばかりだと言います」

「正面切って戦うのではない。あくまでも闇討ちである。こちらに損を出さぬよう速やかに討ち入り、速やかに退くのだ。案ずることはない」

「殿が頼りでございます」

「されど能登《のと》もよいことを教えてくれた」

安綱は池畑《いけはた》能登守《のとのかみ》庄兵衛《しょうべえ》の老顔を思い浮かべた。

「何を教わったのでございます？」

「さっさと隠居してもらってもよいのだが、さすが年の功だけある。いや、仮の話をしたのだ。もし、平湯庄を手に入れるとすればどんな手を使えばよいかと。能登は申した。砦《とりで》か小城《こしら》を拵えて守りを固め、そのうえで勢いを持って攻め入るとな。そのとき、予はぴんと来たのだ。だから此度の計策も一気呵成《いっきかせい》に行うべきだと。砦や小城を築くことはできぬが、敵は油断しておるはず。造作もないであろう」

安綱は口の端に小さな笑みを浮かべた。

その日、一行は見返《みかえり》峠の先で野営を張り、翌日に備えた。

五

翌朝、宗政は昨年の暮れに伊作《いさく》に教わって耕した畑を見に行った。畝《うね》の形はあったが、ただそれだけのことだった。

「何をしてるんだ？」

孫蔵がそばにやって来た。近くに誰もいないから遠慮のない物言いをする。

「わしが耕した畑だ。草というのは強いな」

宗政は足許に生えている雑草を踏んだ。耕して作った畝には風雪をものともしない草がはびこっていた。

「百姓もこの草のように強い。貧しくても恵まれずとも、土と共に生きる。わしはそのことを少しだけ教わった」

孫蔵が不思議そうな顔を向けてくる。

「辰之助《たつのすけ》、おまえ様はときに妙なことを言う。いや、感心だと思うのだが、不思議なやつだ」

「さようか。わしは思ったこと感じたことを言っているだけだ」

「そういうことはあまり言わぬのが、大名であろう。おれはそう思っていたが、おまえ様はやはり変わり者だ。そこがよいのではあるが……」

「何か用があるのだろう」

宗政は孫蔵をあらためて見た。

「今日は城に帰るが、途中で一泊だ。もう一度村を見廻ってから出立するか？」

「うむ。そうしよう」

その日、宗政が平湯庄をあとにしたのは、昼前だった。急ぐ旅ではないので、ゆっくり出たのだ。来たときと同様に孫蔵が付き従い、馬廻り組組頭の半太夫が残り、代わりに郡奉行の三右衛門と目付頭の小林半蔵が供についた。また、連れてきた徒衆二十人と馬廻り衆五人を、それまで詰めていた徒衆二十五人と交替させた。

下郷陣屋をあとにするときには、半太夫以下の者たちが見送ってくれた。

昨日につづき晴天である。ゆっくり歩く馬に揺られる宗政は、遠くの山や風にそよぐ林を眺めた。日当たりの悪いところにある木々の葉は、いまだ雪をのせていたが、それも間もなく解けると思われた。

平湯庄をあとにする宗政ら一行を見ている者がいた。

安綱たちである。もちろん、その一行に宗政がいることは知るよしもない。

「陣屋詰めの徒衆の交替でしょう」

軍兵衛が遠ざかる一行を見ながらつぶやいた。

「もしや、詰めている徒の数を減らしたのではなかろうか……？」

安綱はそれもあるかもしれないと思った。二人は黒谷峠《くろたに》から少し下ったところにいた。平湯庄を一望できる場所だ。

「もし、そうであるなら我がほうは数で勝ることになります」

「あとで探りを入れることにいたそう」

安綱はそう言って馬首をめぐらし、家来たちのいる峠の上に引き返した。

「殿、明日には帰城しなければなりませぬ」

「わかっておる」

安綱は他の家老たちに、遠駆けに行くと言って城を出ている。予定は一泊であるから、遅くなれば騒がれること必至だ。その前にやることをやって帰らなければならない。

峠の上に戻ると、家来たちは思い思いに休んでいた。安綱はみんなを眺めたあとで、

「銑十郎はまだ戻ってきておらぬか」

と、誰にともなく聞いた。

「そろそろ戻ってきてもよい頃ですが、まだでございます」

軍兵衛の家来が答えた。安綱は楠《くすのき》に寄りかかって休んでいる助五郎を見て声をかけた。

「何でしょう」

助五郎は大きな体をゆすりながらやって来た。

「知ってのとおり平湯庄には陣屋ができている。先ほど、三十人ほどの者がその陣屋を去った。残りは二十人ばかりだと思われるが、交替をしただけかもしれぬ。そのことをたしかめたい」

「調べろとおっしゃるんですね」

「できるか？」

「造作ないことです」

「だが、その形《なり》ではまずいぞ」

「わかっています。若いやつを百姓に化けさせて下郷村に向かわせましょう」

「軍兵衛、おぬしの家来もひとりつけさせろ」

安綱は山賊らに心を許していないし、どれほど信用できるかと懐疑的だった。

しばらくして助五郎が万吉《まんきち》という若い男を連れてきた。まだ十八歳だ。薄汚れた顔だが、目だけが光っている。

「平湯庄の下郷村に徒侍たちが詰めている陣屋がある。場所はわかっておろうが、いったい何人が詰めているか探りを入れてくれぬか」

「へえ、お安い御用で……」

万吉はにかっと笑う。愛想笑いなのだろうが、前歯がなかった。

「殿、この者に行ってもらいましょう」

軍兵衛が小柄で貧相な顔をしている家来を連れて来た。

「吉川秋蔵《よしかわあきぞう》と申します」

安綱は名乗った秋蔵を眺めた。

万吉は袖なしの羽織を脱げば、それだけで百姓に見えるが、秋蔵は足軽の恰好《かっこう》だ。

安綱は具足と手甲脚絆《てっこうきゃはん》を外して百姓に化けろと命じ、

「その髷《まげ》もいただけぬ。手拭いで頬被《ほおかぶ》りしろ」

と、付け足した。

秋蔵はその場で身につけている具足と手甲脚絆を外し、手拭いで頬被りをした。

らしく見えるが、何かが足りない。鍬《くわ》や鋤《すき》はないので、二人には薪《たきぎ》を拾い集めて担がせることにした。

その支度ができると、秋蔵と万吉は峠を下りていった。もうすっかり百姓に見えた。

それから半刻ほどして、米原銑十郎が二人の家来を連れて戻ってきた。三人とも百姓の身なりになっていた。

「どうであった？」

「いい按配《あんばい》の道を見つけました。中小路《なかしょうじ》村の先に絹川《きぬがわ》に下る道があります。その道を下り、しばらく川沿いに川上に向かって歩きますれば、この峠に繋《つな》がる道があります」

「馬は通れるか？」

「足場のよくない急なところがありますが、そこをよければ難なく峠道に戻れます」

「よし」

安綱は目を光らせた。

本郷陣屋を襲ったあと、八幡街道を西に逃げれば、我が領内に賊がいると思われかねない。そうなってはまずいので、相手の裏をかく必要があった。銑十郎は都合のよい退路を探してくれたようだ。

「銑十郎、事を終えたあとはおぬしが案内《あない》役となれ」

「御意にござります」

「調べた道のことを助五郎らにも教えておけ」

「承知いたしました」

六

平湯庄の村横目佐藤九兵衛《くへえ》は、下郷陣屋でその日の勤めを終え、同輩の田中金次《きんじ》から酌を受けたところだった。

陣屋の座敷には同じように夜を過ごす者がいるが、夜の見廻りがある者は寝転んで体を休めている。

三度の食事の世話は、以前から村横目の詰所にいたおてんがやってくれるが、それでは人手が足りないので、村の女房たちが代わる代わるに手伝いに来ていた。

夕餉《ゆうげ》を終えた九兵衛は漬物を肴《さかな》に酒を嘗《な》めるように飲む。

「いつまで見廻りをつづけるんだ」

金次が思い出したようにつぶやく。新たにやって来た村横目だった。昨年、九兵衛の同輩だった田中亀之助《かめのすけ》が山賊に殺されたので、その後任である。色の黒い出っ歯だった。

「殿がもうよいとおっしゃるまでだろう」

「賊のあらわれる気配はないだろう。もう三回も襲われてんだ。やつらだって来やしないだろう」

「村は四回襲われたが、そのうちの一回は百姓たち相手じゃなかった」

「まあ、そうだろうが……」

金次は隣の部屋で酒を飲んでいる馬廻り組組頭の鈴木半太夫を見た。陣屋は仕切りになっている襖を開け放し、広く使われていた。夜は雑魚寝《ざこね》である。

「組頭の半太夫さんも、これほどの人手はいらぬだろうとぼやいておられた」

「あの人がそんなことを……」

九兵衛は半太夫の横顔を見た。恰幅《かっぷく》のよい組頭で剣の練達者だ。

「さりながら、いつ何が起きるかわからぬだろう。それにおれは……」

「何だ？」

「おぬしが来る前には亀さんがいた。その亀さんは山賊に殺されたんだ」

亀というのは、田中亀之助の通称だった。

「おれはその敵《かたき》を討ちたい。あのときのことを思うと、どうにも我慢ならんのだ」

九兵衛はぎゅっと、ぐい呑《の》み代わりにしている湯呑みを持つ手に力を入れた。

「気の毒なことをした。たしかに敵は討たなければならんな。亀さんの妻女はやつれちまっている。亭主の死がよほど応えているのだろう」

「それにしても、おれはずっと平湯庄詰めだ。去年は城下に帰してもらえると思っていたが、山賊どもが来たせいで居残りだ」

「おれは独り身だから気楽だが、おぬしの家にはお内儀とお倅《せがれ》が待っているからな」

金次は同情してくれる。

座敷の奥のほうで笑い声が沸いた。酒に酔った徒衆だ。日がな一日村の見廻りばかりなので、酒でも飲んで憂さをはらすしかない。そう思う九兵衛も酒のまわりが早かった。

「だがよ、ものは考えようだ」

金次が突然思いだしたように言った。

「何だ？」

「おれはここにまわされて好機だと思ったのだ。考えて見ろ。おれたちゃしがない三十石取りの村横目だ。出世なんて望むべくもない。ところが、賊が来たせいで出世できるかもしれぬ。おれは上役に平湯庄勤めを言いわたされたとき、運がまわってきたと思った」

「どんな運だ」

金次は出っ歯だからときどきつばを飛ばす。そのたびに九兵衛は、着物の袖や襟のあたりを払っていた。

「もし、賊があらわれて二人でも三人でも討ち取れば手柄になるだろう。そうすりゃもっとましな役に就けるかもしれぬ。就けずとも禄を増やしてもらえるかもしれぬ」

「それはどうかわからぬが、賊が来ないに越したことはないだろう」

「まあ、そうではあるが……」

「おぬし、人を斬ったことはあるのか？」

九兵衛は金次を眺めた。

「ない。ないが、いざとなったらばったばったと斬り伏せてみせる」

金次は腕まくりをして言う。

「頼もしいことを言うが、いざ斬り合いとなれば、生きるか死ぬかなんだ。手柄なんて考えている暇などない」

「それでもやらねばならんだろう」

「ま、そうではあるが……」

また隣の間で笑い声が沸いた。賊があらわれないかぎり平湯庄は平和だ。誰もが気を緩めていた。

「九兵衛、金次、こっちへ来て飲まぬか」

突然、組頭の半太夫が声をかけてきた。

「はい。では、少しだけご相伴にあずからせていただきます」

「大層なことを申すでない。さあ、こっちへ来い」

半太夫は少し酔っているようだった。

九兵衛と金次は半太夫らの仲間に加わって、新たな酒をつがれた。

「九兵衛、おぬしはこの地に来て長い。賊の隠れ家に見当はつかぬか？」

半太夫がぎらぎら光る大きな目を向けてくる。

「さようなところはないと思いますが……」

「おぬしにも見当はつかぬか？」

「はい」

「賊の居所がわかっておれば、いつでも乗り込んでやるんだがな。ひとり残らずあの世送りだ」

うははと、半太夫は豪快に笑う。恰幅がよいだけに声も大きい。

「うちの殿は面倒見がよい。下々の者に目が行き届いていらっしゃる。そうは思わぬか」

「はい、今日も声をかけていただきました」

藩主の宗政に声をかけられ緊張をしたが、少しも威張ったところがなく権力を笠《かさ》にも着ていない人柄には好感が持てた。

「何とおっしゃった？」

「しっかり勤めてくれと言われました」

「さようであるか。殿はこの地を大事にされているからな。それも先代様のご遺志を継がねばならぬと感じておられるからだろう。昔はこのあたりはただの荒れ野だったらしいからな」

「ご先代がここを開墾されるときは、ずいぶんご苦労されたと聞いております」

「わしもその苦労は聞かされているが、ご先代は見る目があったのだな。一国一城の当主ともなれば、考えることが違う。わしは感心するばかりだ。それに、いまの殿様は武芸に秀でていらっしゃる。わしはときどき稽古の相手をさせられるが、いやあの方の身のこなしはただ者ではない。大きな体をしていらっしゃるのに、じつに動きが素速い」

「組頭も相当の練達者だという評判ですが……」

「ほう、さような噂《うわさ》があるのか。それは面映《おもは》ゆいことだ」

言葉どおり半太夫は照れくさそうな笑みを浮かべた。

「さてさて、あまり飲み過ぎると明日に差し支える。みんな、ほどほどにしておけ」

半太夫がお開きを告げたので、仲間たちは片付けをして自分の寝場所に戻った。

九兵衛も粗末な夜具に横になったが、なかなか眠気はやってこなかった。目をつむると、城下にいる妻と倅の顔が脳裏に浮かんだ。

七

空に浮かんだ下弦の月が、あわい光で平湯庄を照らしていた。

すでに闇に包まれているが、下郷陣屋の庭で焚かれている篝火《かがりび》が、ぽつんと取り残されたように赤く照っている。村の見廻りをする徒衆の提灯《ちょうちん》が陣屋に消えたばかりだった。

見廻りは夜通し行われているのか、それとも一刻ごとなのか不明である。

安綱たちは黒谷峠から下り、平湯庄の入り口まで来ていた。風は冷たく、ときおり強く吹く風が音を立てて空を流れていた。

「集まれ」

安綱は全員を自分のそばに集めて、足許の地面に半紙を広げた。それには平湯庄の簡単な地図が描かれ、下郷陣屋の位置に×印がつけてあった。

「助五郎、よく聞いておくのだ。陣屋を襲ったら火をつけ、そのまま逃げる。逃げ道の案内は銑十郎がやる」

助五郎は銑十郎をちらりと見て、また安綱に顔を戻した。

「陣屋にはおよそ五十人がいる。やはり、昼間見た一行は陣屋に詰めていた者たちと交替して城下に戻ったのだ」

陣屋を偵察に行った吉川秋蔵と万吉の報告を受けて、そのことがわかっていた。

「見廻りに出る者もいるだろうが、いつも四人ひと組のようだ。もし、陣屋に近づこうとしたとき、その者らが出てきたら、身をひそめ待ち伏せをして斬れ。遠慮はいらぬ」

宗政は厳しい顔つきで言って、神妙に聞いているみんなの顔を眺めた。

「助五郎、おぬしらは二手に分かれ、西と北から陣屋を攻めろ。他の者は東と南から攻める。佐渡、おぬしは抜かりない指図をするのだ」

「御意にござります」

軍兵衛は畏まって答えるが、その身なりは家老らしからぬみすぼらしさだった。髷を隠すために藁笠《わら》を被り、助五郎らと同じ袖なし羽織をつけ、股引《ももひき》に手甲脚絆だ。そうは言っても安綱とて似たり寄ったりの姿である。ただ、藁笠は被らず覆面で顔を隠していた。

軍兵衛の家来たちもみな覆面を被っている。

「陣屋に行くには幾通りかの道筋がある」

安綱は地面に置いた地図を示す。携行に便利な小田原《おだわら》提灯《ちようちん》が地図を照らしていた。

「峠を下りきったこの先には、村に入る道が何本かある。今宵は街道の南側にある村は素通りをする。ただし、その村の道を使って我らは引きあげる。それがここだ」

安綱は木の枝でその道を示し、話をつづける。

「引きあげる際には銑十郎が案内に立つので迷うことはなかろう。ただし、遅れてはならぬ。まかり間違って相手に捕まってもならぬ」

安綱は言葉を切ると、助五郎の背後に控える若い山賊たちを眺めた。

「今夜は騒ぎを起こせばよい。百姓たちが出てきてもかまうな。よいな」

みんな神妙な顔でうなずいた。

風が林のなかを吹きわたり、落ち葉を舞いあがらせた。

「これが陣屋のある村につづく道だ」

安綱は木の枝でその道を示す。

「この道に入ったら、陣屋詰めの者たちに気取《けど》られぬように進む。もし、その途中で陣屋の者が出てきて気づかれたときには、騒がれる前に一気に討ち入り、庭で焚かれている松明《たいまつ》を使って火をつける。火をつけたらそのまま引きあげるのだ」

「相手はおとなしくはしていませんよ。討ち入ったら必ず刃向かってきます」

助五郎だった。厚い唇を指先でなぞりながら安綱に目を向けてきた。

「刃向かう者には手加減はいらぬ。だが、相手をよく見るのだ。かなわぬと思う相手と無理に戦うことはない。そのときには逃げろ。予はおぬしらを失いたくない」

これは本心だった。もし、敵に捕縛されたら、拷問をかけられ白状を迫られるだろう。拷問に耐えかね今夜の計画を漏らされたら、安綱の首が危ない。要するに一か八かの綱渡りなのだが、敵に打撃を与え無傷で帰らなければならない。

「何かあるか？」

安綱は全員の顔を眺めた。

「引きあげたあとはどうするんです？」

吾市という助五郎の仲間だった。

「おぬしらは里に戻れ」

「殿様たちは？」

「城に戻る。追っておぬしらには沙汰いたす」

吾市はとがった顎をうなずかせた。

「他にはないか？　わからぬことがあればいまのうちに聞け」

短い沈黙があったが、誰も口を開かなかった。

「よし、あの月がもう少し西へ動いたら村に入る」

そのまま安綱らは林のなかで待機した。林の上に浮かんでいる下弦の月は雲に呑まれたり吐き出されたりしながら、ゆっくり動いていた。

「そろそろまいろう」

安綱が座っていた切株から腰をあげたのは、小半刻ほどたったときだった。

全員が林を抜けて、八幡街道に出た。先頭を助五郎にまかせ、彼の仲間があとにつづいた。後続には軍兵衛がつき、十人の家来が従った。しんがりは馬に乗った安綱に、銑十郎が徒歩《かち》で従う。

平湯庄に入ると、まず往還の南側にあるのが中小路村で、北側は岩下村《いわした》につづく道が延びている。その先にもう一本、中小路村と岩下村につづく道があらわれる。

道の途中にある三本杉が黒い闇に象《かたど》られている。三本杉を過ぎて、北へ向かう二本目が下郷陣屋につづく道だった。

安綱はその道の入り口で馬から下りて、一本松のそばに立った。銑十郎がみんなを追いかけ、軍兵衛の馬を預かって戻ってきた。

安綱はみんなを見送りながら、先のほうに見える陣屋の篝火を凝視した。

「うまくいきますかね」

銑十郎が張り詰めた顔を向けてきた。

「首尾よくやらねばならぬ」

安綱が低声《こごえ》で応じたとき、助五郎たちの足が速くなった。同時に陣屋の庭に人が出てきたのがわかった。

安綱は拳を握りしめ口を引き結んだ。

第六章　策　略

一

村横目の佐藤九兵衛《くへえ》は夢を見ていた。妻のお松《まつ》と倅《せがれ》の朝吉《あさきち》が居間で、自分の帰りを待っているのだ。九兵衛は玄関の前で声をかけるが、二人は出てこない。戸を引き開けようとするが、どんなに力を入れても開かない。仕方なく家の裏にまわり、縁側から入ろうとするが、なぜか草鞋《わらじ》が脱げない。

そんな自分は戦《いくさ》装束で、兜《かぶと》も脱げなければ、鎧《よろい》の紐《ひも》も外れない。四苦八苦していると、朝吉が何をしているのです父上、早くこちらへ来てくださいと呼びかける。九兵衛はいますぐ行くと返事をするが、草鞋も兜も鎧も脱げないでいる。そしてはたと気づいた。腰に刀がないのだ。

しまった。刀をどこかで落としたと思い、今度は屋敷の外に出るが、そこは雪深い山のなかで、いったいどちらへ行けばいいか方角がわからなくなった。

「うおーっ！」

突然の大声に九兵衛は目を覚ました。まだ半分夢のなかだった。ところが、まわりがなんとなく慌ただしい。

目をかっとみはると、叫び声と怒鳴り声、そしてものの倒される音や割れる音が聞こえた。

「九兵衛、九兵衛、賊だ！　賊に襲われている！」

隣で寝ていた金次《きんじ》に肩を揺すられ、九兵衛は現実に立ち返った。

「なに、賊だと！」

言葉を返すまでもなく、隣の居間で刀を振りまわしながら戦っている徒衆《かち》がいた。

（大変だ！）

九兵衛は枕許《まくらもと》に置いていた刀をつかんで勢いよく立ちあがり、半開きになっている障子を引き開けた。

山賊が家のなかにいて、警固の徒衆と戦っていた。土間にも山賊がいた。

奥のほうが赤くなっており、煙が充満していた。陣屋に火をつけられたのだとわかった。九兵衛は庭に飛び下りた。仲間の馬廻《うままわ》り衆が山賊のひとりを斬りつけたところだった。しかし、浅傷《あさで》だったのか相手は大きく下がるとそのまま身を翻して逃げた。

九兵衛のまわりには山賊たちがいた。気を張りながらも半ば呆然《ぼうぜん》としてまわりを見た。刀を振りまわしている徒衆がいれば、槍《やり》を突き出している者もいる。畑のなかで馬廻り衆が山賊たちと入り乱れて戦っていた。

庭の篝火《かがりび》はぱちぱちと音を立てながら炎をあげている。燃えはじめた陣屋の火明かりが、戦っている者たちを照らしていた。

陣屋の火を消さなければならない。山賊と戦わなければならない。頭が混乱していた。九兵衛はいたずらに庭を行ったり来たりした。足許に目を開けたまま転がっている生首を見て、ひっと息を呑《の》んで身をすくめたが、向かってくる山賊はいなかった。ならば助太刀《すけだち》をと、山賊に押し込まれている徒衆に近づいた。

「きぇー！」

いきなり横合いから斬りかかられた。慌てて飛びしさって身構える。相手は小柄な男だった。まだ若い男だ。袖なし羽織に総髪を後ろで結んでいた。

相手が近づいてくる。刀を右下方に構え、左肩を九兵衛に向けていた。ぎらつく目には松明《たいまつ》の炎が映っていた。

九兵衛は正眼《せいがん》の構えで隙を窺《うかが》う。裸足《はだし》だ。それに寝起きのままなので、帯が緩んでおり解けそうになっている。

「きえーっ！」

相手が奇妙な気合いを発して斬り込んできた。足許から胸を斬りあげるような太刀筋だった。九兵衛は下がってかわすと、即座に突きを送り込んだ。相手はひょいと跳びしさってかわす。

九兵衛は間髪を容《い》れず、追い込んで突きを送り込んだ。すり落とされ、上段から脳天めがけて刀が撃ち込まれてくる。

九兵衛は下がってかわそうとしたが、転がっていた薪《まき》ざっぽうに足を取られ、そのまま尻餅をついてしまった。慌てて起きあがろうとしたそのとき、相手が唐竹《からたけ》割りに刀を振り下ろしてきた。

「死ねッ！」

九兵衛は恐怖に顔を張りつかせた。これで一巻の終わりだと覚悟した。

「うぐぅ……」

相手の顔が奇妙にゆがみ、体が斜めに傾いたと同時に地に倒れた。そのまま相手の体に誰かが覆い被《かぶ》さっていた。金次だった。

　金次は若い山賊の背中に刀を突き入れていたのだ。抉《えぐ》るように刀を動かして抜くと、膝をついたまま凝然と目をみはっている九兵衛に顔を向けた。

「九兵衛、大丈夫か？」

　金次の顔は返り血を浴びて真っ赤になっていた。

　九兵衛は返事ができず、代わりに何度もうんうんとうなずいた。

「火を消さなければならん。手伝ってくれ」

　金次が立ちあがると、九兵衛もよろよろと立ちあがった。


　鈴木半太夫《はんだゆう》は向かってくる山賊たちを畑に追い込んでいた。松明の明かりはあるが、庭から離れているので足許がよく見えなかった。

　半太夫は大きな目をぎらつかせ、向かってくる山賊を威嚇し、斬りかかってくる者たちの刀を打ち払い、すり落とし、そして素速く斬り返していた。しかし、山賊どもは身のこなしが俊敏で、半太夫の斬り込みをことごとくかわしていた。

「うぬらぁ……」

　嚙《か》みしめた歯の奥から声を漏らし、いままさに斬り込んでこようとしている相手に刀を振りかぶった。そのまま勢いをつけて斬り下げるが、間合いを外され、刀は虚《むな》しくも空を切る。

半太夫はこうなったら破れかぶれだと、刀を右へ左へと撃ち込むように振りまわして迫っていく。

「どりゃあ！　おりゃあ！」

半太夫の相手をしているのは三人だ。ひとりは覆面をしていた。ひとりは総髪。もうひとりも総髪。揃《そろ》ったように獣の皮で作られた袖なし羽織をつけていた。

対する半太夫は寝込みを襲われたので、着流しのままで素足だった。

半太夫の攻撃は激しいが、息があがっていた。両肩を激しく動かしながら、荒い呼吸で刀を振りまわす。恰幅《かっぷく》のよい半太夫の剣捌《さば》きは、藩主宗政《むねまさ》が認めるほどだが、息があがっていては普段の動きができない。

それでも半太夫の迫力に気圧《けお》されたのか、目の前の三人はじりじりと後退し、さっと身を翻して村道に躍りあがった。もう向かってくる様子はない。

半太夫は刀に血ぶるいをかけると、はっと息を吐き、陣屋のほうを見て目を見開いた。

二

助五郎《すけごろう》はまず陣屋から出てきた者たちに向かって行った。相手は虚をつかれたらしく、すぐには応戦できずにいた。その者たちは揃ったように生欠伸《なまあくび》をしていたし、まだ寝ぼけ眼《まなこ》だった。

助五郎は相手がすぐに刃向かってこられないとわかったので、槍を持っている徒侍の肩口を深く斬りつけて倒し、逃げようとしていた男の背中に一太刀浴びせた。

斬られた相手は短いうめきを漏らして、そのまま倒れた。残るひとりはやっと刀を抜いて身構え、何かを叫ぼうとしたが、とっさに声を出すことができないらしく、わなわなと口をふるわせるだけだった。

助五郎は一歩踏み込むと、その男の土手っ腹に刀を突き入れた。相手は蛙《かえる》を踏みつけたような奇妙な声を漏らしただけで、その場に頽《くずお》れた。

まだ、大きな騒ぎにはなっていなかった。三人の徒衆はおそらく、これから見廻りに出るところだったのだろう。

まず三人を倒した助五郎は、背後を振り返って首を振って仲間に合図をした。自分の仲間も動いたが、安綱《やすつな》の連れてきた馬廻り衆も闇のなかで動いた。

騒ぎが起きたのは、仲間が陣屋の雨戸と玄関の戸を蹴破って押し入ってからだった。すぐに喊声《かんせい》と怒声が入り交じり、どたばたと陣屋のなかが騒々しくなった。

その間に助五郎は庭で焚《た》かれている篝火の松明を二本持ち、陣屋の縁の下に放り込んだ。火はすぐにはつかなかったので、新たに一本の松明を取り、それで雨戸の戸袋に火をつけた。

陣屋内での騒ぎは次第に大きくなり、詰めていた徒侍たちが飛び出してきた。手甲脚絆《てっこうきゃはん》をつけている者もいたが、それは数人でしかなく、他の者は揃ったように着流しに素足という有様だった。

仲間は陣屋内で大暴れしてから表に退避してきたが、さすがにそれだけではすまなかった。陣屋詰めの徒侍たちは勇敢に立ち向かい、仲間を蹴散らし、追い払いはじめた。無理に相手はするなと言ってあるので、仲間は形勢不利だと見れば、そのまま退いて相手の攻撃をかわした。

しかし、かわしきれぬ者は、向かってくる徒侍たちと戦いはじめた。助五郎は少し離れた場所でその様子を見て、危ないと思った仲間の助太刀に走り、容赦なく斬り捨てた。

背後から迫って肩口を斬り下げ、横合いから頭をたたき斬り、あるいは脇腹を突き刺した。

そしていま、陣屋は炎と煙に包まれていた。仲間たちは追ってくる徒侍と戦いながら徐々に後退していた。

助五郎のいるずっと背後に控えていた鮫島軍兵衛《さめじまぐんべえ》が「退け、退け！」とさかんに声を張っていた。

「慌てることたあない」

助五郎は低声《こごえ》で毒づいて、軍兵衛から視線を外し、陣屋のほうに目を向けた。駆け戻ってくる仲間もいるが、徒侍を追い払おうと奮戦している者たちもいた。

陣屋はもうもうと炎を立ちあげ、風に流される黒煙があわい月の光のなかに浮かんでいた。

「厩《うまや》が壊され、馬がいません！」

「火を消すのはもう無理です！」

「追うんだ！　逃がすな！」

庭に仁王立ちになっている鈴木半太夫のそばで、悲鳴じみた家来たちの声が交錯していた。陣屋は炎に包まれていた。庭にはいくつもの死体が転がっていた。半太夫は半ば気の抜けた顔をしていたが、それでも歯を食いしばって臍下（せいか）に力を込め、

「山賊どもを逃がしてはならぬ！　追え、追うんだ！」

と、家来たちを叱咤《しった》するように声を張った。

それを聞いた者たちが五、六人逃げて行く山賊どもを追っていった。

全身汗まみれになっている半太夫は、ゆっくり歩を進めて、火事場に水をかけている者たちを制した。

「もうよい。無駄だ」

水をかけてもそれは気休めでしかない。

一度、山賊たちの逃げた方角に目を向けた。追っていた家来たちがいるが、その者たちの姿も山賊の姿も闇のなかに溶け込んで見えなくなっていた。

「いかがされます。殿は岡《おか》村にご宿泊のはずですが……」

そばにやって来たのは村横目の九兵衛だった。

「知らせなければならぬ。誰かすぐに知らせるのだ」

半太夫はそう言ったあとで、九兵衛に視線を戻した。

「おぬしに行ってもらおう。殿は岡村の名主の家にお泊まりだ。わかるか？」

「わかります」

「よし、頼んだ」

「それはよいのですが馬がいません。厩が壊され馬は逃げています」

「走れ」

「えっ？」

九兵衛は目をまるくした。

「走って行くのだ。行け」

「は、はい」

九兵衛が駆け去ると、半太夫は一度周囲を眺めた。騒ぎを知った村の者たちが、恐る恐る近づいてくる黒い影があった。

半太夫は近くにいた家来たちに、殺された者たちを一ヶ所に集めるように指図し、怪我《けが》をした者には手当をするように命じた。

「それにしても何故《なにゆえ》、斯様《かよう》なことに……まるで戦ではないか……」

半太夫は大きなため息をつき、山賊たちが逃げた方角に目をやった。

その頃、安綱は銑十郎《せんじゅうろう》を案内に立てて、暗い闇のなかを進んでいた。頼りは闇に慣れた自分の目とか弱い月の光だった。

中小路《なかしょうじ》村を過ぎ、絹川《きぬがわ》の畔《ほとり》に出たが、追っ手はいなかった。途中であきらめて引き返したのはわかっていた。

「よし、提灯《ちょうちん》をつけろ」

ここまで来れば大丈夫だろうと思った安綱は、家来たちが持参している小田原《おだわら》提灯をつけさせた。これで足許が見えるようになる。

しかし、川沿いの道は荒れていて、崖の上から落ちてきたらしい石が散らばっていた。安綱は馬を下りて歩くことにした。

「助五郎、仲間はどうなった。全員無事であるか?」

後ろのほうにいた助五郎がそばにやって来て報告した。

「四人斬られました」

「見ていたか?」

「はい。あれでは生きてはいないでしょう」

助五郎は無念そうな顔をしたが、安綱は生きていないことを願った。それから軍兵衛に声をかけ、

「家来たちは揃っているか？」

と聞いた。

「残念ながら二人失いました。ひとりは首を刎《は》ねられ、もうひとりは胸を突かれて息絶えたはずです。あれでは生きていないでしょう」

軍兵衛はため息を漏らした。

「死人を出したのは残念である」

「無念でございまする」

安綱はうむとうなずいてから、案内に立っている銑十郎を見た。

「いかほどで峠の道に出られる？」

「一刻《とき》（約二時間）はかかるかと思われます」

「一刻か……」

安綱は口を引き結び、漆黒の闇のなかを歩きつづけた。

三

「殿、殿……おい、辰之助《たつのすけ》」

誰かが耳元で呼び、肩を揺さぶった。宗政は眠い目をこすり、枕許の行灯《あんどん》に浮かぶ孫蔵《まごぞう》を見た。

「なんだ、もう朝か……」

宗政は大きな欠伸をして半身を起こした。

「朝ではない。まだ真夜中だ。大変なことが起きた。またもや平湯庄《ひらゆしょう》の陣屋が襲われたのだ」

「なんだと」

「いま知らせが来たばかりだ。下郷《しもごう》陣屋は焼け落ち、詰めていた徒衆らが何人も殺されたらしい」

宗政は一気に眠気を吹き飛ばし、さっと夜具を払って立ちあがった。

「孫、その知らせはどこにいる。わしがじかに聞く」

「戸口で待っている。あ、待て、そのなりでは……」

すべてを聞く前に宗政は戸口に向かっていた。寝相が悪いので、寝間着は乱れ、帯も解けてどこかへ行っていた。だから寝間着を引っかけただけのだらしない姿で、褌《ふんどし》をさらけ出していた。

「おい、おぬしは九兵衛ではないか」

戸口に立っていた九兵衛は宗政を見て驚き、そしてすぐに跪《ひざまず》いた。

「下郷陣屋が襲われたと聞いたがまことであるか？」

「は、はい。突然、襲われ防ぎようもありませんで、陣屋に火をつけられました」

息苦しそうに言う九兵衛は、汗だらけの顔だった。顎からぽとぽとと汗の滴を落としてもいた。

「陣屋が丸焼けになっただと……」

「丸焼けと同じです。厩も壊され、馬も逃げてしまいました」

「もしや、駆けてまいったか？」

「はは。鈴木半太夫様にすぐ殿に知らせろと命じられ、馬がいないので走ってまいりました」

「それは大儀であった」

下郷陣屋から岡村にあるこの名主の家までは、おそらく七里（約二七キロメートル）はあるだろう。

「それで襲った賊のことはわかっておるのか？」

「いえ、何もわかっておりませぬ。されど、詰めていた御徒衆と馬廻り衆に多数の怪我人と死人が出ております」

宗政は顔をしかめ、拳を握りしめてぶるぶるとふるわせた。

「もう賊はおらぬのだな？」

「陣屋を襲って逃げて行きました」

「どこへ逃げた？」

それはわかりませんと、九兵衛は首を振る。

「殿、いかがされます？」

ついてきた孫蔵が伺いを立てた。

「これからまいる」

宗政はそう言って寝間に引き返そうとしたが、すぐに立ち止まり、

「孫蔵、九兵衛に水を飲ませてやれ。下郷陣屋から走ってきたらしい」

と、命じてから寝間に行くと、急いで着替えにかかった。

刀をつかんだとき、孫蔵がやって来た。

「殿、半蔵《はんぞう》殿と三右衛門《みつえもん》殿はいかがします？」

「たたき起こせ」

「では、すぐに」

「待て。半蔵か三右衛門のどちらかひとりを残して、引き連れている徒衆らを下郷

陣屋に差し向けるように指図せよ」

宗政はぐいっと腰に大小を差した。しかし、孫蔵は動かない。何やらうっとりしたような顔つきで見てくる。

「いかがした？」

「おまえ様は、こういうときは大名らしく、いや武将らしく見える。だから憎めぬのよ」

孫蔵は囁《ささや》くような声で言ってから、すぐに半蔵と三右衛門をたたき起こすと言った。

その間に宗政は表に繋《つな》いでいた馬にまたがり、供もつけずに夜の闇を疾駆した。

「ええい、賊どもめ。こんなことならもう一晩、下郷村に留《とど》まっておくべきだった。忌々しいことだ」

宗政は馬に鞭《むち》をくれながら、大声で毒づいた。

「賊どもめ、必ずや成敗してくれる。それっ！」

宗政は馬に鞭を打ってさらに速く駆けさせた。

馬はどっこい坂の急坂に差しかかると、さすがに馬脚を緩めた。

「ほれ、気張って走れ！　ほれ、ほれ……」

宗政はそうやってけしかけるが、馬はなかなか進もうとしない。坂を上りきったとき、馬は鼻息を荒くして、疲れ切っていた。

「もう少しだ。これより先に坂はない」

馬はカポカポと蹄《ひづめ》の音を夜の闇にひびかせながら下郷村に入った。

村は深い闇に包まれていた。頼りない星あかりと、痩せた月のあわい光が頼りだ。

下郷陣屋の庭には篝火があるはずだったが、それは見えなかった。ただ、近づくと火事場特有の臭いが鼻をつき、黒い残骸となった陣屋は未《いま》だくすぶりつづけていた。

「誰かおらぬか！」

大声で呼ばわると、数人の徒衆が提灯を持って暗闇のなかから姿をあらわした。

「これは殿」

宗政に気づいた家来たちは一斉に跪いた。

「賊に襲われたそうであるな」

「不甲斐《ふがい》なくも……」

答えたのは肥えた牛のように体のがっちりした徒侍だった。

「半太夫は無事であるか？」

「ご無事です。いまお呼びします」

「どこにおる？」

「すぐ近くの百姓家で休んでおられます」

「他の者たちは？」

「はい、世話をしてくれる百姓の家にわかれて休んでいます」

それを聞いた宗政は、馬からひらりと下りて、半太夫のいる場所に案内をさせた。

四

「申しわけもございませぬ。建てられたばかりの陣屋も丸焼けになりました」

馬廻り組組頭《くみがしら》の鈴木半太夫は駆けつけてきた宗政に平伏し、陣屋が襲われたことを必死に謝り詫《わ》びを述べた。

「半太夫、もうよい。面《おもて》をあげよ」

「はは、それにしてもまったくの不覚でございます」

半太夫は冷や汗を浮かべて、宗政の機嫌を窺うように見る。

「おのれを責めてもことは片付かぬ。賊のことはどこまでわかっておる？」

「それがよくは……」

半太夫は背後に控える家来たちを眺める。そこは焼けた陣屋から一町（約一一〇メートル）ほど離れた百姓の家だった。

「よくはわからぬと言うか。ならば、わかっていることを教えろ」

「おそらく賊の数は三十人ほどだったかと思われます。賊に襲われたのは、おそらく亥《い》の刻（午後十時頃）過ぎ。賊がどこからやって来たかはわかりませんが、逃げた方角はわかっております」

「どっちへ逃げた？」

宗政はまたもや奥平《おくだいら》藩方面である西だと思った。

「賊を追った家来が申しますには、下郷村から南へ逃げ八幡《はちまん》街道を突っ切り、中小路村の奥へ逃げたようです」

「すると、我が領内の南へ。中小路村の先は絹川ではないか……」

「さようでございます。対岸は高い崖がつづいていますゆえ、川をわたるには下流に行かなければなりませぬ。そのことは明るくなってからたしかめなければなりませぬが……」

宗政は宙の一点を凝視した。その片頬は燭台《しょくだい》の炎に染められていた。

「殿、いかがされまする？」

声をかけられた宗政は半太夫に顔を戻した。

「そなたは疲れておろう。しばらく休むがよい」

「殿は……？」

「わしのことは放っておけ。さ、休め。夜が明けたら、はたらいてもらわなければならぬのだ」

「では、少しだけ横にならせていただきまする」

目の下に隈《くま》を作っていた半太夫は、のそのそと隣の座敷に移った。

それから小半刻ほどして、岡村から孫蔵と三右衛門が駆けつけてきた。

「殿、陣屋はすっかり焼け落ちているではありませんか」

三右衛門があきれ顔を向けてきた。

「ああ、そのようだ。夜が明けたらもっとよくわかるだろう」

「それで賊のことはどこまでわかっているのです？」

疑問を呈するのは孫蔵である。

宗政は半太夫から聞いたことを、そっくり話した。

「賊は三十人ほど、そして当家の家臣十一人が殺され、陣屋を焼かれた。さようなことになりますか……」

そう言ってため息をつくのは三右衛門である。

「賊は南へ逃げたのですね」

孫蔵である。

「賊を追った半太夫の家来はそう申しているそうだ」

「これまで平湯庄にあらわれた賊は八幡街道を西へ、つまり奥平藩領の方角に逃げた。しかし此度《こたび》は、賊は当家領内にいるのか……」

孫蔵は独り言のようにつぶやいて宙の一点を眺めた。

「賊が我が領内にいるかどうか、それは夜が明けたら調べる。何もかも夜が明けてからでないとはっきりせぬ」

家の女房が茶を運んできたので、宗政は手に取って湯呑みを口に運んだ。

「しかし、おかしなことではありませぬか……。そうは思われませぬか？」

三右衛門は狐《きつね》顔を宗政と孫蔵に向ける。

「賊は昨年の秋に村の百姓を襲いました。そして、しばらくしてまた同じように村を襲い、蔵にあった米を盗み、百姓一家に乱暴狼藉《ろうぜき》をはたらきました。ところが、四度目と此度は百姓には手を出さず、警固にあたっている徒衆の詰める陣屋を襲っています」

「たしかに……」

孫蔵が納得したようにうなずく。

「なぜでしょうか?」

三右衛門は宗政と孫蔵を眺める。

「それはわしも考えておるが、わからぬ。賊に聞くしかない」

「ま、たしにそうでしょうが、百姓を襲わず陣屋を襲ったのには何か考えがあってのことだと思われます」

孫蔵が真剣な顔を宗政に向ける。

「どんな考えだと申す?」

「それは……」

宗政に問われる孫蔵は言葉に詰まる。

「賊は百姓の家を襲いたいが、その前に村の警固にあたっている徒衆が目障り。百姓たちから、うまいものを楽に巻きあげるために陣屋を襲った」

三右衛門はそう言ったが、孫蔵がすぐに言葉を被せた。

「陣屋を襲えば、警固はさらに強められる。賊はそのことを周知しているはずです。

それに、賊は陣屋を襲うためにこの村にあらわれている。村の百姓を襲うために、陣屋を先に襲ったと考えることもできまするが、賊は何も盗《と》らずにそのまま遁走《とんそう》している。四度目もそうだったはずです」

「すると、賊の狙いは他にあるか……」

宗政は顋をさすりながら、天井の梁《はり》を眺めてぽつりとつぶやいた。黒く煤《すす》けた天井の梁は、燭台の灯《あか》りを受けて、その先の天井に三人の影を映していた。

「孫蔵、三右衛門、おぬしら眠りが足りぬはずだ。夜明けまでいくらもなかろうが、少し体を休めるがよい」

「殿こそ……」

「わしはもうすっかり目が覚めて眠れぬ。わしにかまうな」

宗政は三右衛門に応じ、火箸を使って火鉢の炭を整えた。

それからしばらくして、表が何やら騒がしくなった。

「岡村にいた徒衆が戻ってきたようです」

孫蔵が戸口に顔を向けながら言った。

五

東雲《しののめ》に光がにじみはじめた頃、宗政はもはや廃墟《はいきょ》となった下郷陣屋の庭に立った。つい先日竣工《しゅんこう》したばかりの陣屋が、黒焦げになっていた。黒く煤けた柱だけがそこに建物があった形を見せているが、いまはただの残骸である。

陣屋の庭には賊に殺された犠牲者の遺体が並んでいた。全部で十一人。うち三人は見廻りに出たときに殺されていた。

「怪我をした者が五人いますが、いずれも浅傷でお役目に障りはありませぬ」

家来の調べを終えた鈴木半太夫が宗政に報告した。

「ひどいことを……」

十一の遺体をあらためた宗政は、ぐつぐつと煮え滾《たぎ》る憤怒《ふんぬ》を必死に抑えていた。死体のひとつは首を刎ねられていた。

「殿、妙だと思いませぬか」

顔を向けてきたのは目付頭の小林半蔵だった。彼が指さすのは家来の遺体ではなく、賊の遺体だった。それは全部で六つあった。

「見てください」

半蔵はそう言って死体を指し示す。宗政は見たくないが、見てしまう。

「賊の死体は全部で六つです。ところが、この四人は総髪ですが、この二人は髷《まげ》を結っています。同じ毛皮の袖なし羽織をつけていますが、どうも妙です」

半蔵は鼻の脇にある小豆大《あずきだい》の黒子《ほくろ》を指でさすりながらしゃがみ、髷を結っている死体の小袖と襦袢《じゅばん》の襟をつまむように引っ張った。

宗政も気づいた。髷を結っている死体が身につけている着物は、新しくはないが傷んではおらず、継ぎもあてていなかった。一方、総髪の死体が身につけている着物はほうぼうに継ぎがあり、襟や袖のあたりは綻んでいる。

「総髪の者はみな若い。おそらく十七、八ではなかろうか……」

孫蔵だった。

「さようです。髷を結っている者は二十代半ばだと思われます」

「若いやつは総髪で、少し歳《とし》のいった者は髷を結っている。着物も少し上等」

「さらに、髷を結っている者は覆面を被っておりました」

半蔵は目付頭らしい見方をしている。

「いったいどういうことでございましょう」

半蔵は言葉を足して、みんなを眺める。すぐに答えられる者はいなかった。

「そのことは頭に入れておけばよい。それより賊の行方である。賊を追っていった者は誰だ？」

宗政は推量をする半蔵を遮った。

「ここにいます」

半太夫がそばに立っている五人の馬廻り衆を示した。

宗政はその五人をゆっくり眺めて問うた。

「そのほうら、賊の顔を見たか？」

誰もが一様に首を横に振りながら見なかったと答えた。

「どこまで追っていった？」

「八幡街道の近くまでです。やつらの逃げ足が速かったので、追いつくことはできませんでした」

「賊は街道を西へも東へも向かわず、まっすぐに南の方角に逃げたのだな」

「さようです」

体の細い男が答えた。

「街道の先は中小路村だ。その村のどこへ行ったか、それもわからぬと……」

五人の馬廻り衆は互いの顔を見合わせて、わかりませんと答えた。

「半太夫、また賊がやって来たら大変だ。おぬしはしばらくここの守りを固め、死体の始末をしてくれぬか。三右衛門、おぬしも半太夫の手伝いをしてくれ」

「殿は？」

半太夫が聞いた。

「わしは賊の足取りを追う。孫蔵、半蔵、わしに従え」

宗政はそう言うなり馬に飛び乗った。孫蔵も自分の馬に乗り、半蔵が五人の徒衆をそばにつけた。

「待て」

宗政は思い出したように手綱を絞って馬を止めると、まわりに目を凝らした。

「村横目の佐藤九兵衛はどこだ」

昨夜、岡村の宿舎まで走ってきた九兵衛がすぐに前に出てきた。

「ここにおります」

「そなたは平湯庄に詳しいな」

「隅々まで知っております」

「そなたもわしらについてまいれ。馬の口を取れ」

九兵衛が「はい」と返事をすると、そのまま宗政一行は八幡街道へ向かい、中小路村に入った。

「昨夜、逃げる賊を見た者がいるやもしれぬ。半蔵、手分けして聞き調べをやってくれぬか」

孫蔵が村に入ってすぐに指示をした。宗政はその様子を黙って見て、足許の地面や村の奥につづく道に視線を飛ばした。

「殿、しばしお待ちくだされ」

孫蔵が声をかけてきたが、宗政はそのままゆっくり馬を進めた。ときどきまわりに視線をめぐらせる。

朝日が村の田畑や周囲の林を包み込むように照らしている。鳥たちが明るい日差しを喜んでいるのか、かしましく鳴いていた。

（賊は何の狙いがあって、下郷陣屋を襲ったのだ）

その疑問が宗政の頭にずっとある。家来を殺された憤怒と悲しみ。そして、昨日自分が下郷村を離れたのが悔やまれて仕方ない。もし、昨日陣屋を離れずに留まっていたら、賊を返り討ちにできたはずだ。

しかし、賊が来ることを誰が予見できたであろうか。

「九兵衛、この道はどこまでつづいておる？」

「絹川の手前までです」

「その先に道はあるか？」

「道はあるにはありますが、ずいぶん細くなっております」

「そこまで行ってみよう」

　絹川が近づくと、かすかに川音が聞こえてきた。川の向こうは断崖である。崖の上には欅《けやき》や楢《なら》や杉などの木が繁茂している。

「村の道はここまででございます。この先は石ころだらけの河原で、左へつづく細い道は中小路村をまわり込み、いずれ八幡街道に出ます」

　宗政はそちらに目を向け、孫蔵らが聞き込みをしている集落に視線を走らせた。

「九兵衛、川岸まで行ってみよう」

　宗政は馬を下りて、藪《やぶ》をかき分け絹川の畔に立った。川は幅三十間（約五四メートル）ほどあろうか。大きな岩がところどころにあり、流れを受けて飛沫《しぶき》をあげている。

「ここでは川蟬《かわせみ》がよく見られます。村の者たちの釣り場にもなっています」

　九兵衛が声をかけてくるが、宗政は猛禽《もうきん》の目になって上流と下流に目を注ぐ。

「材木舟がここを通るな」

「奥平藩の材木です。絹の反物や炭なども積んで下ってきます」

「賊がここに舟を用意してそれで逃げるとすれば、下のほうか……」

「川を遡るのは慣れた船頭でも難しいと言いますから」

宗政は下流に目を向け、もう一度上流を見た。それから足許に目を配った。いくつかの足跡があった。古い足跡かそうでないのかわからないが、結構な数だ。しかし、その足跡も石ころだらけの河原で消えている。

「賊を見たという者はいませんでした」

馬のところに戻ると、聞き調べをしていた半蔵がやって来て報告した。宗政はうなずいただけで、

「下郷村に戻ろう」

と、九兵衛と半蔵をうながした。

六

安綱は城に戻っていた。

「殿、いずこへ遠駆けされておったのです？」

奥の間で着替え、政務室である御殿奥の書院に入るなり、入側《いりがわ》に控えていた池畑《いけはた》能登守《のとのかみ》庄兵衛《しようべえ》が顔を向けてきた。

（こやつ、隠居する気がないのか……。それとも隠居をすると言いに来たか……）

安綱はちらりと庄兵衛を見て、ゆっくり上段の間にあがって腰を下ろした。

「そちに教えるほどのことではない。ただ……」

「何でございましょう？」

庄兵衛の右目は潰れかかっているが、左目には未だ鋭い光がある。

「与左衛門《よざえもん》が刈谷《かりや》村の台地の開墾ができるようなことを申したことがあった。予はそれを見てきた」

下郷陣屋を襲ったあと、安綱はたしかに検分していた。

庄兵衛の眉がぴくりと動き、左目がくわっと開かれた。

「いかがでございます？」

「できるかもしれぬ。あの地で思ったことがある。要は百姓たちのやる気だ。百姓たちがやる気を出して知恵をはたらかせれば、開墾はできそうだ。荒れ地をよい田や畑に変えられるかもしれぬ」

「さように思われましたか」

「思うた。百姓たちにやる気を起こさせなければならぬと思いもした。そのために何をすべきかも考えた」

「いかようなことを……」

安綱はふっと口の端に冷笑を浮かべて庄兵衛を見つめた。家老席に長々と座り、高禄《こうろく》だけを食《は》む年寄り。父上や祖父の代にはよきはたらきをしたのだろうが、いまや藩政にはいらぬ男だし、お荷物でしかない。

かつては伽衆《とぎ》として置いておけばよいと考えていた。安綱は庄兵衛が合戦場でどんなはたらきをしてきたか、その話を聞くのが好きだった。文禄《ぶんろく》の役《えき》・関ヶ原《せきがはら》・大坂冬と夏の陣。しかし、戦国の世は終わり、いまは泰平の世である。

「能登、そちにはわからぬだろうな。いくら戦話を聞いても、藩政の役には立たない。されど、あえて聞く。百姓たちにやる気を出させるにはいかがすればよい？」

庄兵衛は短く考えてから答えた。

「年貢を下げてやればよいのです。汗を流した分だけ、自分たちの暮らしがよくなるということがわかれば、自《おの》ずとやる気が生まれるはずです」

「それも一理であろうが、容易《たやす》くない」

だから年寄りはだめなのだと腹のなかで毒づく。

「年貢を下げたら藩の台所具合はどうなる。そちの禄は減るのだ。城下の普請もままならぬ」

「ま、そうでありましょう……」

「能登、そろそろ隠居したらどうだ。そちは十分はたらいてきた。ゆっくり余生を送ることを考えろ」

「そのことでございまする」

庄兵衛がきっと目をきつくして見てきた。

「伺いましたのは、そのことを申すためでございまする。それがし、隠居を決めました」

安綱はくわっと目をみはった。

「殿にはお世話になり申した。それがしもいまが引き際かと考え、殿にお日見《めみえ》にまいった次第でございまする」

「さような仕儀であったか」

安綱は納得顔でうなずいた。

「お許しいただきとう存じます」

「承知」

庄兵衛は深々と頭を下げた。禿頭《とくとう》が障子越しのあわい光を照り返していた。

安綱は庄兵衛が去ると、しばらく宙の一点を見て考えた。

（百姓らにやる気を起こさせるには……）

大事なことである。百姓は飯の糧である。粗末に扱えば言うことを聞かぬ。ならばいかに飼いならせばよいか。

戦国の世であれば、誰もが強い武将になびいた。家来然《しか》り。仕えている主君が劣勢になれば、たとえ相手が敵であろうと寝返って優位な主人に鞍替《くらが》えした。

しかし、いまはそんな世ではない。治国がうまくいかなければ、減封や転封もある。将軍家の意に服すのは致し方ない。どんなに望んでも将軍職にはなれぬ。

（百姓らは何を望み、何をほしがっておるのだ……）

そんなことをつらつら考えていると、廊下から小姓《こしょう》の声があった。

「殿、鮫島佐渡様と左門《さもん》様が見えました」

安綱は通せと答えた。

すぐに軍兵衛と西藤《さいとう》左門が入ってきた。

「先刻、池畑能登がやって来た」

安綱は開口一番に言った。

「いかような御用だったので……」

左門が聞いた。

「隠居をすると言いに来たのだ。予はすぐに承知した」

「ほう、能登殿が自ら。これは異なこと」

軍兵衛は驚き顔をした。

「よくよく考えてのことであろう。まあ、能登も長くはたらいたし、歳も歳だ。潮時だと考えたようだ。もうひとり年寄りがいるが、あれはあれでまだ使えるので重宝せねばならぬ」

もうひとりは、妹尾《せのお》与左衛門だ。庄兵衛が隠居すれば、与左衛門が最長老となる。

「何かあったか？」

安綱はあらためて二人を見た。

「平湯庄の首尾は佐渡殿から聞きました」

そう言った左門は、不服そうな顔をしている。自分が供できなかったからであろう。

「そちにもひとはたらきをと考えたが、あえて佐渡だけにした。予が城を留守にしている間は、そちにしっかり守ってもらわなければならぬと考えてのことだ」

これは詭弁《きべん》であった。左門は助五郎の仲間二人を斬っている。だから左門を連れていけば、助五郎たちとの間に亀裂が生じると考えた。それではよくないので、あえて外したのだった。

「それならそれと……」

「まあ、膨れるようなことではなかろう。されど、本郷《ほんごう》家はさぞや慌てているであろう。これで騒ぎが大きくなれば、こちらの思う壺《つぼ》だ」

「それで向後《こうご》はいかように……」

「その前に話しておきたいことがある」

安綱は一拍間を置いて、言葉をついだ。

「予は、老中職に就く。就かなければならぬ。これは先代からの悲願である。もはや田舎《いなか》大名が天下を取る時代は終わった。ならば、将軍につぐ職となれば、老中か大老しかない。予はその席を狙う。そのためにもそのほうらにはしっかり勤めてもらいたい」

「殿の大願がかなうべく、拙者はご奉仕いたします」

軍兵衛は殊勝なことを言う。

「殿の出世は願ってもないことでございまする」

左門も真顔で言う。

「これからは用意おさおさ怠りなくやらねばならぬが、まずは平湯庄を取り返すことが第一である。それと同時に百姓たちにやる気を起こさせなければならぬ。そのことに頭を悩ませておるのだが、何かよい考えはないか」

安綱は目の前の二人を真剣な顔で眺める。軍兵衛は従順な見識家だ。左門は荒武者のような性格だが、知恵のまわる男でもある。

「百姓は国の宝だ。その百姓がよくはたらくためには何をすればよいか？　考えるまでもなく人はみな、おのれの暮らしが楽になるのを願うであろう。百姓もそうだと考える。能登は年貢を下げろと言うたが、容易くできることではない」

「年貢はそのままでも、百姓らの実入りが増えればよいわけでございましょう。そのためには、やはり肥沃な土地を与えることかと思いまする。米をはじめ、芋でも菜でも多く穫《と》れるようになれば、百姓らはその分潤います。平湯庄の帰りに、殿といっしょに検分いたしました刈谷村の台地を開墾すれば、それなりのものが見込めるかと思いまする」

軍兵衛だった。

「予もさように思うた。この一件、もう一度評定《ひょうじょう》を開いてよくよく話をしたい。与左衛門には他にもあてがあるようだから、詰めてまいろう」

「しかと留め置きまする。ところで殿、助五郎らのことはいかがされます。助五郎はあの帰りにも、いつ仕官できるのだとさかんに聞いてまいりました」

「うむ。そのことか……。あやつとの約束を違《たが》えるつもりはないが、それは山奉行の惣左衛門《そうざえもん》が手配りをしておる金山次第だ」

「蔓《つる》が見つかればよいですが、見つからなかったらいかがされます？」

「馬廻り衆として召し抱えるしかなかろう。そうはしたくないが……」

安綱は脇息《きょうそく》を指先で小刻みにたたいた。

「参勤の支度もしなければなりませぬ。助五郎だけには、はっきりしたことを伝えておくべきかと思いまする」

安綱は考えた。山奉行の惣左衛門が連れてきた山師は、金山の調べは早くても三月だと言っていた。江戸参府のために忙しい時期である。

「三月まで待てと返事をしよう。当家にも都合があるので、それまで待ってもらう」

「ならばそのように銑十郎に伝えましょう」

「それでよかろう」

安綱がうなずくと、左門が口を挟んできた。

「殿、あの山賊どもはあまり信用ができませぬ。過分な取り立ては慎んでいただいたほうがよいと思いまするが……」

「その辺のことはよくよく考えて差配する。気を揉《も》むでない」

ならばよいのですがと、左門は引き下がった。

「さて、本郷家はどう動くかのぉ……」

安綱は椿山《つばきやま》藩本郷家の隼人正《はやとのかみ》宗政の顔を脳裏に浮かべたが、どうもはっきりしない。ただ、どこかぼんやりした間抜け面《づら》だったというのはかすかに覚えている。

それでもいずれは対面で話をしなければならぬ相手だ。

（隼人正、これからは知恵比べじゃ……）

安綱は目に見えぬ相手に向かって心中でつぶやき、不敵な笑みを浮かべた。

七

助五郎は平湯庄から帰って来るなり、女房どもらの冷たい視線を受けていた。それは四人の仲間が、里に帰ってこなかったからだ。

仙太《せんた》・米吉《よねきち》・丑松《うしまつ》・次助《じすけ》だった。下郷陣屋を襲ったとき、敵の凶刃《きょうじん》に倒れ命を失ったのはわかっていた。だが、助五郎は真実を話さなかった。

「やつらはこの里での暮らしがいやになったのだ。だからもう帰ってこぬ」

女房たちは、それじゃどこへ行ったのだと聞いてきた。

助五郎はわからないと首を振ったが、女房たちは信用していなかった。用があって声をかけても返事をしないし、視線を合わせようともしない。ばったり出くわせば、汚いものでも見るようににらんでくる。

里の暮らしは以前と変わることはないが、助五郎は居心地が悪くなっていた。だから暇を見つけては、源助《げんすけ》から聞いた砂金を探すために崖下の小川の上流に足を運んだ。

その小川には名前などなかったが、勝手に「篠川《しのがわ》」と名付けていた。篠岳の上のほうに水源があるから、もっともだとひとり納得していた。

今日も砂金探しに出たが、やはり見つからなかった。所在なく冷たい川に足をつけて下り、見張り場にしている窟《いわや》の下まで来たとき、声がかかった。

「助五郎、また釣りかい？　釣れねえって言っていたくせに……」

六蔵《ろくぞう》だった。

「たまには釣れるからな」

助五郎は仲間の目を誤魔化すために釣竿《つりざお》を持っていた。

「何をしてんだ？」

「見張りだよ。そろそろ城からの使いが来てもいい頃だろう」

助五郎は岩場を這《は》い上って、六蔵のそばに行った。

「それはおれも気になっていたんだ。まだ来ないか」

「こねえな。なんだかいいように使われている気がしてならねえ。そうは思わねえか」

助五郎は黙って六蔵を見た。金壺眼《かなつぼまなこ》で頬が削《そ》げている。

「殿様と約束してんだ。いいように使われていたって、約束は守ってもらう」

「相手は大名だぜ」

「約束を破ったら、おれは殺す」

助五郎は本気でそう考えていた。

「それにしても延ばし延ばしじゃねえか。いつまで待つんだ」

「はっきりした返事を待ってるんだ」

「その返事が遅すぎるだろう」

たしかにそうだった。助五郎はせっついてはいるが、都合があるからもう少し待てと言われているだけだ。やきもきして腹も立てているが、それを六蔵にぶつけるわけにもいかない。

「四人も減っているんだ。いや、そうじゃねえか。その前に三人いるから、七人がこの里からいなくなった。宇佐美《うさみ》の殿様に関わったせいで、若いやつが七人も殺されたんだ」

「しっ、でけえ声で言うんじゃねえ」

助五郎はにらんだ。

「誰も聞いちゃいねえさ。それに、小六《ころく》は腕を斬られて、いまじゃ片手だ。いいことなんてひとつもねえだろう。まあ、褒美の金はもらっちゃいるが……」

「おめえ、何を言いてえんだ」

助五郎は六蔵をにらんだ。篠川の瀬音に鳥の声が混じった。

「だんだん信じられなくなったんだよ。おめえも、あの殿様もだ。いいように使われて捨てられる。いやいや、捨てられるだけならまだましだ。ひょっとしたらおれたちの口を封じるために、殺しに来るかもしれねえ」

「馬鹿な……」

そのとき、上のほうから声がした。いきり立った声だ。そして足音が近づいてきて、

と言ってあらわれたのは、片腕の小六だった。背中に粗末な荷を背負っていた。

「ここにいたのか」

「六さんもいたのか」

小六は挑むような目を六蔵に向け、それから助五郎に戻した。

「助五郎さん。おれは出て行く。ここにはもういたくねえ」

「どこへ行くってんだ?」

「そんなの知るか。おれはおれひとりで生きていくと決めたんだ。それじゃあばよ」

そのまま小六は背を向けて歩き去った。

「待て、待つんだ小六」

助五郎は慌てて追いかけた。小六はちらりと振り返ると、街道につづく山道を小走りに下りはじめた。

「待て小六。話がある」

「おれにはねえ！」

小六はさらに足を速めてでこぼこしている山道を下っていった。助五郎は追いかけたが、途中であきらめた。立ち止まったときには、小六の姿は見えなくなっていた。

「くそ、どいつもこいつも……」

吐き捨てて背後を振り返ると、六蔵が冷ややかな笑みを浮かべて立っていた。

その頃、平湯庄に留まっていた宗政は、やっと城に戻る支度を終えて馬にまたがったところだった。供連れは孫蔵と田中三右衛門以下十五人の徒衆だった。

「では半太夫、しっかり頼んだ」

「悉皆《しっかい》承知つかまつりました」

半太夫は馬廻り組組頭らしく、自信満々の顔で力強く答えた。

「それにしても……」

宗政はそこに集まっている者たちを眺めた。下郷陣屋の焼け跡地だった。賊の襲撃を受けてから五日がたっていた。

「城に戻ったら手勢を揃え、領内にひそんでいるやもしれぬ賊を捜す。そのほうらも油断してはならぬ。よいな」

「承知でございまする」

半太夫が答えれば、近くに集まっていた百姓たちが大声をあげた。

「賊はわしらが返り討ちにしてやります！」

誰かが声を張れば、他の者たちが、

「賊なんか怖くねえ！　来たらやっつけるまでだ！」

「えいえいおーっ！」

百姓たちは竹槍や鉈《なた》や鎌を持っていた。筵旗《むしろばた》も立てていた。女子供もいて、その数は百人ほどだった。

気合いの入った声が澄んだ空にひびいた。

「平湯庄はこの宗政、しっかり守ってみせる。では、まいろう」

宗政は一言言って、馬を進めた。

その様子を黒谷《くろたに》峠の下にある台地で見ていた者がいた。米原《よねはら》銑十郎とその配下の者三人だった。

「蜂起だ。あの村の者たちが蜂起したのだ」

鉄十郎は集まっている百姓たちを凝視してつぶやいた。百姓たちは大声をあげて、村を去る本郷家の家来たちを罵っているようだった。

「米原様、一揆《いつき》ではありますまい」

家来が言ったが、鉄十郎は首を振った。

「一揆とも取れる。いずれにしろ百姓たちが蜂起したのだ」

鉄十郎はさっと立ちあがると、

「このこと早速にも殿に知らせせなければならぬ。まいるぞ」

と、家来をうながし、奥平城に足を急がせた。

（『国盗り合戦〈三〉』につづく）

本書は、集英社文庫のために書き下ろされた作品です。

集英社文庫

国盗《くにと》り合戦《かっせん》〈二〉

2023年5月25日　第1刷　　定価はカバーに表示してあります。

著　者　稲葉《いなば》　稔《みのる》
発行者　樋口尚也
発行所　株式会社 集英社
東京都千代田区一ツ橋2-5-10　〒101-8050
電話　【編集部】03-3230-6095
【読者係】03-3230-6080
【販売部】03-3230-6393（書店専用）
印　刷　中央精版印刷株式会社　株式会社美松堂
製　本　中央精版印刷株式会社

フォーマットデザイン　アリヤマデザインストア　　マークデザイン　居山浩二

ISBN978-4-08-744529-9 C0193